W0380758

Hana Yaoi

Hashigo Sakurabi

Mes Habitudes avec mon petit-ami

Toshishita kareshi no renai kanri heki

ÉDITION FRANÇAISE

Hana COLLECTION

Hana Yaoi

Mes Habitudes avec mon petit-ami

Toshishita kareshi no renai kanri heki

HASHIGO SAKURABI

Plongez dans l'univers des personnages tout en nuances et très attachants d'une auteure qui redéfinit les lignes du genre et nous livre sa vision bien à elle des rôles d'uke et de seme ! Hashigo Sakurabi a su s'imposer grâce à ce premier opus et connaît maintenant un réel triomphe au Japon. Découvrez-la sans attendre !

Résumé :

Étudiant en architecture, Izumi Hirasaka est très consciencieux, mais sa dévotion ne se limite pas à son domaine de recherches. Il doit veiller à bien nourrir son «petit toutou» qui n'est autre qu'un chercheur stagiaire répondant au nom de Satoshi Onozuka. Très travailleur mais toujours dans la lune, ce dernier dépérirait sans les soins de son «maître adoré» ! Mais de quelle manière Satoshi s'occupera-t-il en retour du jeune et fougueux Izumi ?
Ils découvriront ensemble que les apparences ne sont pas toujours ce qu'elles semblent être.

Un manga de ***Hashigo Sakurabi***
Série complète en 2 volumes - Genre : Comédie - Yaoi
192 pages . 7,95 €

doukyusei

First Season

Un garçon a rencontré un garçon.
Ils vivaient pleinement leur jeunesse.
Leur amour semblait tel un songe,
tel un soda qui pétille.

By ASUMIKO NAKAMURA

Hana COLLECTION

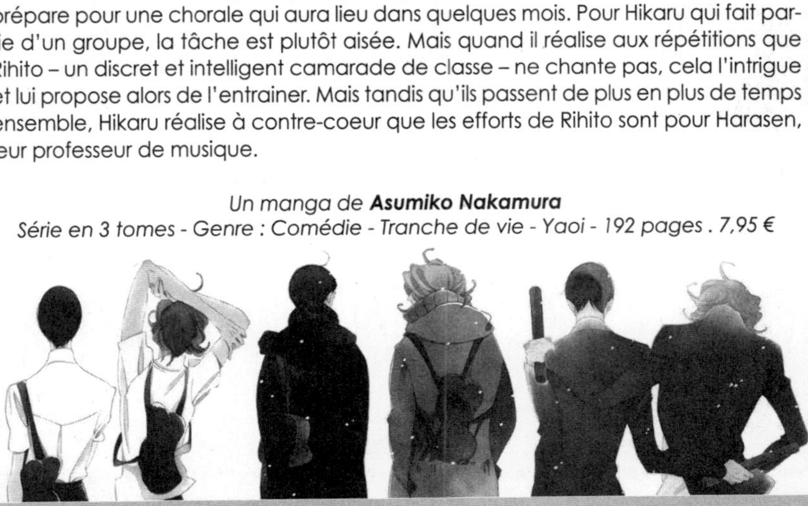

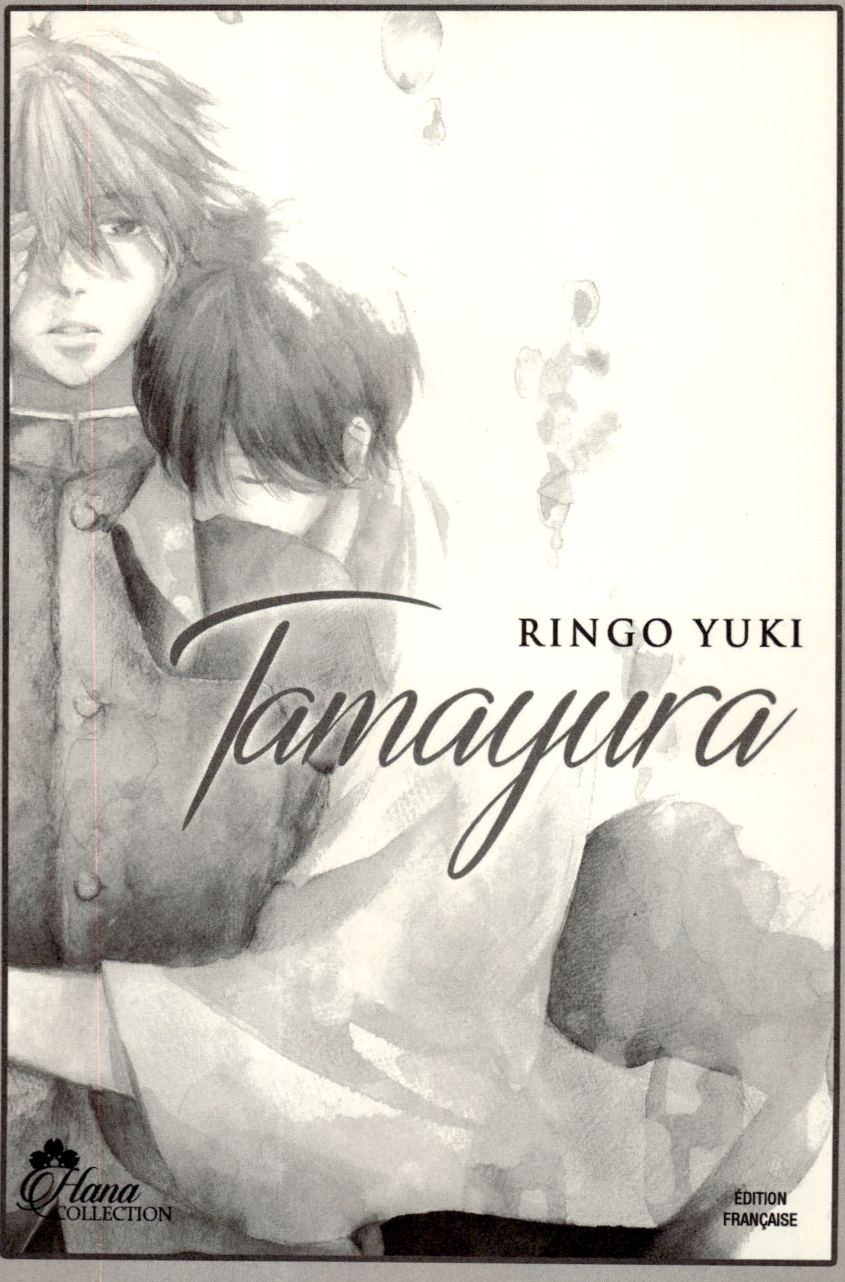
RINGO YUKI
Tamayura
Hana
COLLECTION
ÉDITION
FRANÇAISE

Hana Yaoi

RINGO YUKI

Tamayura

Au début du siècle dernier, dans une époque où le monde est en perpétuelle évolution, les sentiments se heurtent aux conventions sociales et aux éléments déchaînés. Vous n'avez plus une seconde à perdre, découvrez Tamayura de Ringo Yuki, élu 2ème manga dans la catégorie « Manga triste » aux Chil-Chil BL Awards 2015 !!

Résumé :

Le matin de son entrée au lycée, Asakura se réveille difficilement d'un cauchemar dans lequel il revit la fin tragique d'une belle amitié. Alors sa surprise est immense lorsqu'il découvre que son nouveau camarade d'internat n'est autre que Tachibana, précisément l'ami qu'il s'était juré de ne plus revoir ! Mais avec leurs retrouvailles ressurgissent par bribes d'autres sentiments que chacun se refusaient à avouer... Amitié, réminiscences du passé, amour, tragédies... Les secondes s'égrènent dans un temps suspendu au rythme du tintement éphémère des billes de verre de notre enfance.

*Un manga de **Ringo Yuki***
One shot - Genre : Drame - Tranche de vie - Yaoi
192 pages . 7,95 €

SHOKO HIDAKA
Blue Morning
YUUUTSU NA ASA
4

Hana Yaoi

Blue Morning

YUUUTSU NA ASA

SHOKO HIDAKA

Une belle demeure, des domestiques, les lourdes responsabilités qui incombent à un jeune héritier du domaine familial et son froid et cruel précepteur... L'ambiance de Yuutsuna asa vous transportera dans un autre temps ! Devenez les témoins de l'histoire intemporelle du «Je t'aime moi non plus» !

Résumé :

Depuis la mort de son père, Akihito Kuze a dû endosser le rôle de Vicomte et reprendre les rênes de la famille. Et celui qui prend en main l'éducation de ce dernier n'est autre que le beau et intelligent intendant familial, Satoshi Katsuragi. Mais Katsuragi, qui est pourtant remarqué pour ses qualités en société agit de manière très froide avec Akihito. «Est-ce qu'il me déteste ?!» Akihito qui est attiré par Katsuragi veut connaître la raison de ce rejet ! Plongez dans cette épopée romanesque racontant l'amour d'un jeune vicomte et de son intendant !!

Un manga de ***Shoko Hidaka***
Genre : Historique - Yaoi - Drame
200 pages . 7,95 €
vol.1,2,3,4,5 disponibles - Série en 7 volumes

SHOOWA
PAPA'S ASSASSIN
Hana COLLECTION

CANIS
Dear Mr Rain
ZAKK

Egalement disponible
dans la collection Hana...

Mitsumei

Hana COLLECTION

www.boys-loves.fr

Adaptation graphique : 3rd Studio
Maquette : Pierrick Gontero
Traduit du japonais par : Laurie Asin
Responsable Editorial & Production : Anthony Graci

Dépot légal : Aout 2016
ISBN 978-2-36877-487-8

Imprimé par GZ Digital Media as

– Je peux t'attendre ici, si tu veux ?
– Non, ça ira. Vas-y avant moi.

Après s'être assuré qu'Ed était bien entré dans l'ascenseur, Ivan se dirigea rapidement vers l'accueil. Les jeunes mariés qu'il avait aperçus un peu plus tôt tournaient le dos à la réception, l'air profondément affligé, et s'apprêtaient à partir.

– Attendez ! Tenez, je vous donne ça, si vous en voulez. C'est la clé d'une suite de luxe.

Ivan sortit de sa poche la carte magnétique de la chambre qu'il avait réservée, et la leur tendit.

– Pardon…? Mais…

En voyant que le couple le regardait d'un air hésitant, Ivan leur adressa un grand sourire.

– Il se trouve que j'ai accidentellement réservé deux chambres pour la même nuit. Je n'ai pas besoin de celle-ci, je vous la donne.

Ce soir-là, après avoir fêté l'anniversaire d'Ed au lounge bar avec un verre de vin, ils se dirigèrent vers la chambre. D'un ton désolé, Ed dit :

– Pardon, Ivan. Je m'y suis pris un peu tard, alors ce n'est pas le grand luxe…

De l'autre côté de la pièce, la fenêtre donnait sur le jardin de l'hôtel. Ed avait probablement obtenu la toute dernière chambre disponible. Elle était simple et étroite, mais elle convenait parfaitement à Ivan. En tant que membre important de la mafia, Ed aurait pu réserver une chambre magnifique rien qu'en laissant tomber son nom dans la conversation, s'il l'avait désiré – de plus, il venait si souvent dans le lounge bar de cet hôtel qu'il avait acquis un statut de membre VIP ; mais il ne l'avait pas fait. Il avait probablement fait sa réservation tout seul, sur internet, comme n'importe qui d'autre.

D'un autre côté, Ivan avait fait la même chose : il aurait pu se servir de son statut de lieutenant de l'armée pour obtenir les billets de spectacle plus facilement. Il avait simplement décidé de ne pas le faire.

Alors qu'Ivan était perdu dans ses pensées, Ed arriva derrière lui et posa ses mains sur ses épaules.

– Tu es déçu ?

Ivan se retourna immédiatement vers lui, et lui adressa un sourire.

– Pas du tout. Au contraire, je suis très heureux. Il y a un an, je n'aurais jamais pu imaginer que j'aurais la chance de passer une nuit comme ça avec toi, répondit Ivan avant de s'avancer pour embrasser Ed.

Ses lèvres étaient froides, mais toujours aussi tendres que d'habitude. Elles avaient la douceur de la porcelaine, et Ivan adorait ça.

Il y a un an, songea-t-il, je n'aurais jamais pu imaginer que je reverrais Ed, mon ami d'école, et que je finirais par tomber amoureux de lui…

Alors qu'Ivan entourait les épaules d'Ed de ses bras, celui-ci glissa une main dans son dos et l'attira pour le serrer avec force, et Ivan se laissa aller contre lui. Ce simple geste fut suffisant pour lui faire réaliser, une fois de plus, à quel point il était follement amoureux d'Ed, et il sentit un profond bien-être se répandre dans sa poitrine. Quel bonheur ! Il avait un partenaire qu'il aimait de tout son corps, et qui l'aimait en retour… Jamais il ne s'était senti aussi comblé.

Si seulement j'avais su, en recevant mon ordre de mission sous couverture, que tout se finirait de façon aussi heureuse ! se disait Ivan, tout en fixant les yeux magnifiques de son amant. Puis il se pencha vers ses lèvres, et murmura :

– Ed… S dniom rojdeniya (С днём рождения – Bon anniversaire). Je suis si heureux qu'on soit ensemble ce soir ! On va célébrer dignement ton anniversaire. Et pas juste cette année… L'année prochaine aussi, et l'année suivante… Chaque année, pour le reste de notre vie.

Fin.

Tout en imaginant la façon dont il lui révèlerait ses plans (de préférence après avoir bu un premier verre au lounge bar), Ivan monta dans le taxi, qui se dirigea vers leur hôtel habituel – un hôtel cinq étoiles qui donnait sur le fleuve Neva.

Dans le hall d'entrée, éclairé par un magnifique lustre, ils aperçurent à l'accueil un couple de jeunes mariés, à l'expression dévastée, qui parlaient avec le réceptionniste.

– Vous voulez dire qu'à cause d'une erreur informatique, notre réservation a été annulée ? C'est impossible ! Nous sommes à Saint-Pétersbourg pour notre voyage de noces... Vous n'avez pas une autre chambre de disponible ?

– Je suis vraiment navré, mais notre hôtel est complet ce soir...

Tout en jetant un regard de coin au réceptionniste, qui s'excusait inlassablement, Ed et Ivan se dirigèrent vers l'ascenseur. En attendant son arrivée, Ed poussa un petit soupir de soulagement.

– C'est le week-end, c'est pour ça qu'il y a beaucoup de monde. Les pauvres, c'est leur voyage de noces, en plus... J'ai de la peine pour eux. C'est peut-être à cause de ma réservation s'ils n'ont pas pu avoir la leur.

– Pardon...? dit Ivan en levant les yeux vers lui.

L'air à la fois embarrassé et amusé, Ed eut un petit sourire en sortant de sa poche une carte magnétique de couleur blanche.

– Ed... Qu'est-ce que...

– Hier soir, quand on a parlé ensemble, tu m'as dit que tu avais la journée de libre demain, alors je me suis dépêché de faire une réservation. Mais tout était plein, alors je n'ai réussi à obtenir qu'une toute petite chambre double...

Baissant les yeux pour éviter le regard d'Ivan, Ed continua avec difficulté:

– Si ça te convient... Je pensais qu'on pourrait passer la nuit ensemble...

Ensemble. Ed avait fait ça pour lui...

Sans répondre, Ivan fixa la carte magnétique qu'il tenait dans la main.

– Tu ne veux pas ? demanda Ed, l'air inquiet.

– Non, ce n'est pas que je ne veux pas...

Mais Ivan avait déjà sa propre réservation de son côté, et il ne savait pas quoi faire – d'autant que la chambre qu'il avait obtenue faisait partie des plus belles suites de cet hôtel, avec une vue splendide sur la ville.

– C'était pour te remercier de m'avoir offert les billets de spectacle, reprit Ed. Tu as dû faire la queue pendant tellement longtemps pour pouvoir les acheter... Alors j'ai fait commander du champagne et un gâteau pour fêter cette soirée.

À ces mots, Ivan faillit se mettre à rire. Ils avaient tous les deux pensé à la même chose... Ed, cependant, dut certainement se méprendre sur le sens réel du sourire qui naquit sur les lèvres d'Ivan, car il ajouta d'un ton un peu distant :

– Si tu ne veux pas, je peux aller rendre la carte magnétique, et le couple de jeunes mariés pourra en profiter.

Ivan le détrompa immédiatement.

– Non, non, tout va bien. De toute façon, je ne travaille pas demain, on peut rester ensemble cette nuit.

– Tu es sûr ?

– Évidemment. Merci, Ed. Tu sais, les billets étaient un cadeau d'anniversaire, tu n'avais pas besoin de me rendre la pareille.

– Justement, c'est mon anniversaire, alors j'avais envie de rester avec toi. Je suis tellement heureux qu'on puisse passer la nuit ensemble !

– Moi aussi, sourit Ivan.

À ce moment précis, l'ascenseur s'ouvrit devant eux.

– Ed, tu veux bien y aller en premier ? Je viens de me rappeler que j'ai quelque chose d'urgent à faire, je te rejoins tout de suite.

Mitsumei

Bonus :
Cadeau d'anniversaire… Et le reste.

Elena Katoh

Lorsque le magnifique ballet s'acheva, un tonnerre d'applaudissements éclata dans le public. Une fois le rideau tombé, les spectateurs quittèrent le théâtre, où un froid mordant s'était installé. Un vent glacial, mêlé de neige, soufflait entre les arbres ; c'était un hiver typique de Saint-Pétersbourg.

– Il fait froid, ce soir… Tiens, prends ça.

Ed, qui venait d'apparaître derrière Ivan, noua une écharpe autour de son cou.

– Merci, Ed, dit Ivan en levant les yeux vers lui, la douce chaleur du tissu lui réchauffant la peau.

– C'est plutôt à moi de te remercier. C'était un spectacle magnifique, Ivan, merci. J'ai passé un anniversaire fantastique.

Son expression rayonnante était visible même dans la faible lumière des lampadaires, et Ivan en ressentit un énorme soulagement.

Ouf, songea-t-il, j'ai eu du mal à obtenir ces billets, mais il a l'air tellement heureux que ça valait vraiment la peine de faire la queue.

Ils avaient ensuite l'intention d'aller déguster un verre de leur vin préféré dans leur lounge bar habituel.

Et si je disais à Ed que j'ai envie qu'on reste ensemble cette nuit… Comment réagirait-il ? se demanda Ivan. Il m'a dit qu'il n'avait rien d'autre de prévu pour ce soir, alors j'ai réservé une chambre d'hôtel en cachette…

À l'intérieur de sa poche se trouvait une carte magnétique donnant accès à une suite luxueuse, qu'il avait réservée le jour où il avait acheté les billets pour le ballet ; comme il s'y était pris avec beaucoup d'avance, le prix n'était pas si élevé. Il avait pris la précaution de passer par le check-in avant de se rendre au théâtre, et avait déjà commandé du champagne pour fêter leur soirée.

Ivan s'étonnait lui-même d'avoir osé prendre une telle initiative. Mais par un coup de chance, il avait réussi à obtenir un congé ce jour-là et le lendemain, et espérait passer tranquillement ses instants de libre avec Ed.

– E… Euh, Ed…

Il était sur le point de l'inviter à passer la nuit avec lui à l'hôtel, une fois qu'ils auraient bu leur traditionnel verre de vin, lorsqu'un taxi s'arrêta devant eux.

– On y va ? demanda Ed en posant la main sur son épaule, alors que la porte du taxi s'ouvrait automatiquement.

– Euh… Je…

– Tu ne veux pas aller à notre bar habituel ? Je croyais que tu voulais qu'on boive un verre ensemble…

– O… Oui, bien sûr…

Ivan s'était demandé si Ed avait découvert ses plans secrets ; de toute évidence, ce n'était pas le cas. Il décida donc de lui en parler plus tard, lorsqu'ils seraient tranquillement installés.

HÉ, TOI...
OUI ?
TU VIENS DE TE MARIER, NON ?
TU N'AURAS QU'À Y ALLER AVEC TA FEMME.
HEIN ?
D... DEUX PLACES AU TOUT PREMIER RANG ? MAIS... VOUS N'EN AVEZ PAS BESOIN ?
CE SONT LES MEILLEURS BILLETS...
HA HA...
PAS BESOIN.
LES MEILLEURS BILLETS, C'EST MOI QUI LES AI, JUSTE LÀ.
CE SONT CEUX QUI M'ONT ÉTÉ OFFERTS AVEC AMOUR.
-Bonus/FIN-

......
MERCI, IVAN.
SMACK
C'EST MON PLUS BEAU CADEAU D'ANNIVERSAIRE.
CRIIC

TU DISAIS QUE TU VOULAIS Y ALLER...
ET PUIS... CE SERA LE JOUR DE TON ANNIVERSAIRE.
JE PENSAIS QU'ON POURRAIT LE PASSER ENSEMBLE.
.....
ÇA T'EMBÊTE ?
NON...
JE SUIS TELLEMENT SURPRIS QUE JE NE SAIS PAS QUOI DIRE.
EN PLUS, CE SONT DES BILLETS PREMIUM DIFFICILES À OBTENIR...
PARTERRE CENTRAL, DOUZIÈME RANGÉE...
CE SONT DE BONNES PLACES.
TU AS DÛ FAIRE LA QUEUE LONGTEMPS...
PAS TANT QUE ÇA...
ET PUIS, J'ÉTAIS EN CONGÉ, ALORS JE ME SUIS DIT QUE C'ÉTAIT L'OCCASION D'Y ALLER.
PAS LA PEINE DE MENTIR.
TU CROIS QUE JE NE SAIS PAS À QUEL POINT ÇA A DÛ ÊTRE DIFFICILE POUR TOI D'OBTENIR CES BILLETS ?
.....
CE N'ÉTAIT PAS SI DIFFICILE QUE ÇA...

TAP
TAP
J'ESPÈRE QU'IL SERA CONTENT...
IVAN !
DÉSOLÉ, MON TRAIN AVAIT DU RETARD...
ÇA NE FAIT RIEN.
C'ÉTAIT COMMENT, MOSCOU ?
COMME D'HABITUDE.
......
EUH... ED...
BLUSH
J'AI UN CADEAU À T'OFFRIR...
TIENS...
FLIP

Ça te dirait qu'on aille le voir, la prochaine fois ?
Si tu veux.
Quand est-ce que les billets sont mis en vente...?
Ah, mince, j'ai une réunion à Moscou, ce jour-là...
Dommage.
11 Ноябрь ~
L'ouverture du spectacle tombe le 11 novembre.
Le jour de l'anniversaire d'Ed.
C'ÉTAIT TOUT JUSTE, MAIS J'AI RÉUSSI À LES AVOIR...

Bonus
Cadeau d'anniver-saire
.....
MINCE...
LE GUICHET FERME DANS TRENTE MINUTES.
DIRE QUE JE FAIS LA QUEUE DEPUIS CE MATIN...
QU'EST-CE QUE JE VAIS FAIRE, SI JE N'ARRIVE PAS À AVOIR DE TICKETS ?
J'ai bien envie de voir ce nouveau spectacle...

Il reviendra...
pour être avec moi.
Cette fois, j'attendrai.
J'attendrai son retour...
TAP...
-Conclusion /Fin-

RIII
PENDANT CE TEMPS-LÀ, JE FERAI VALIDER MES CONGÉS...
TU NE VOUDRAIS PAS M'EMMENER AVEC TOI, QUAND TU REVIENDRAS ?
DANS TA MAISON DE CAMPAGNE.
......
MERCI, IVAN.
QUAND JE REVIENDRAI, ON POURRA RATTRAPER LES DIX ANS QU'ON A PERDUS.
QUAND TU DÉCOUVRIRAS À QUEL POINT JE SUIS POS-SESSIF, TU FINIRAS PEUT-ÊTRE PAR LE REGRETTER !
CLAC

C'est suffisant pour me rendre heureux.
DÉSOLÉ DE NE PAS POUVOIR RESTER PLUS LONGTEMPS...
C'EST RIEN.
QUAND J'AURAI FINI CE QUE J'AI À FAIRE À MOSCOU, JE REVIENDRAI TOUT DE SUITE.
ON SE REVERRA CE SOIR.

Je ne perdrai pas Ed une seconde fois.
C'est pour ça qu'il faut que j'aille de l'avant.
Tout ira bien...
Il n'y a pas à avoir peur.
Parce qu'Ed est avec moi.

OUI... JE N'AI PLUS AUCUN DOUTE, MAINTENANT.
JE VEUX JUSTE T'AIMER.
JE NE VAIS PAS Y ALLER DOUCEMENT, TU SAIS ?
JE SUIS PRÊT.
UNE RELATION HOMOSEXUELLE ENTRE UN LIEUTENANT DE L'ARMÉE ET UN MEMBRE DE LA MAFIA...
TU TE RENDS COMPTE QU'ON MET NOS VIES EN DANGER, AVEC ÇA ?
PEU IMPORTE... JE T'AIME, C'EST LA SEULE CHOSE QUI COMPTE.
.....
SMACK
MH...

OUI...
MARRE QUE TU CHERCHES TOUJOURS À TE MOQUER DE MOI.
Mais je l'aime tellement que ça n'a aucune importance.
TU ES SÛR QUE TU NE LE REGRETTERAS PAS ?

PAF
AÏE !!
... ED !
TU M'AS MENTI !
ATTENDS, IVAN, JE SUIS DÉSOLÉ...
NE TE METS PAS EN COLÈRE...
ET PUIS, VANIA EST AVEC MOI ! JE VOULAIS TE LE PRÉSENTER...
VANIA ? LE DIMINUTIF D'IVAN ?
Ah...
C'est lui, Vania ?
JE NE SUIS PAS EN COLÈRE... J'EN AI JUSTE MARRE.
Je rêve...
Il a nommé son chat d'après moi ?
MARRE...?

[*Théâtre prestigieux de Moscou avec sa propre troupe de ballet]

ED !!
T'EN VA PAS...
RESTE ICI AVEC MOI...
JE T'AIME...
JE T'ENTENDS PAS...
DIS-LE ENCORE UNE FOIS.
NE T'EN VA PAS...

LANCE
C'EST BON, IVAN !
!
J'AI COMPRIS, ATTRAPE ÇA !
PAF
PAF
IVAN !
....!

MA RÉPONSE EST OUI !
C'EST OUI, ED !
JE...
JE T'AIME, ED !!

ED ! ATTENDS !
ED !
....!
ED !!
IVAN ?!
ED, MA RÉPONSE...
JE VEUX TE DIRE MA RÉPONSE...

Le divorce de mes parents,
le remariage de mon père,
les méchancetés que disait ma mère dans mon dos...
À ce moment-là, la seule chose qui m'a apporté du réconfort, c'était la chaleur des bras d'Ed.
HAA
Et même ça, j'en ai brutalement été privé.
TAP !
Le train va bientôt partir. Attention à la fermeture automatique des portes.
HAA
Je ne veux plus revivre ça.
Parce que j'aime Ed...
Je l'aime de tout mon cœur !
TACAM
!!

HAA...
HAA...
Ça n'a aucun rapport !
NON...
IL N'EST PAS LÀ...
ED !
OÙ ES-TU ?
PAF !
HÉ, FAITES GAFFE !
L'obstacle infranchis-sable vient de moi.
C'est parce que j'ai peur d'aimer quelqu'un.
J'ai compris, Ed.

CRIIIC
S'il devient chef de son clan et part à Moscou, ça signifiera la fin de notre relation...
On ne se reverra sans doute plus jamais.
Je vais perdre Ed une nouvelle fois.
Comme à cette époque...
Le fossé infranchissable, ce ne sont pas nos métiers.
SERRE
C'est vrai...
Il a raison.

Si son patron meurt, Ed déménagera à Moscou ?
Et si c'était lui qui héritait du clan ?
Il pourrait bien se faire éliminer par un rival...
Oui...
Ou non...
HAA...
J'ai fait des recherches... Même en dehors de cette histoire de succession, il y a beaucoup de dissensions dans le clan d'Ed.
Et il y a aussi le fait que son chef ait relocalisé leur clan à Moscou...
POC
Si jamais Ed le remplace, il restera probablement là-bas.

EXCUSEZ MOI...
J'AI PU RÉSERVER UN BILLET DE TRAIN POUR MOSCOU DEMAIN SOIR.
J'AI ENTENDU DIRE QUE VOTRE PATRON S'ÉTAIT FAIT TIRER DESSUS À MOSCOU...
TU Y VAS QUAND MÊME ?
OUI.
D'AC-CORD.
JE VOULAIS RESTER AVEC TOI... C'EST POUR ÇA QUE JE N'Y SUIS PAS ALLÉ.
MAIS ON DIRAIT BIEN QU'ON NE SE REVERRA PLUS JAMAIS, TOI ET MOI.
DU COUP, IL EST PEUT-ÊTRE PRÉFÉ-RABLE QUE JE M'EN AILLE.
DRIIING
CALL
EN PARLANT DU LOUP... C'EST UN APPEL DE MOSCOU.
À PLUS TARD.
«OUI» OU «NON»...
J'ATTENDS TA RÉPONSE. ENVOIE-MOI UN MAIL, SI TU PRÉFÈRES.
...!
VROOOM

ON SAIT TOUS LES DEUX QU'ON N'A PAS LE MÊME COMPORTEMENT AU TRAVAIL OU EN PRIVÉ.
ÇA N'A PAS D'IMPORTANCE, ÇA. C'EST MÊME JUSTEMENT CE QUI NOUS ATTIRE L'UN VERS L'AUTRE.
MAIS SI TU PENSES QUE NOS MÉTIERS RENDENT LE FOSSÉ QU'IL Y A ENTRE NOUS IMPOSSIBLE À FRANCHIR,
DANS CE CAS, IL VAUT MIEUX ARRÊTER DE SE VOIR.
NE PLUS SE REVOIR ?
MAIS JE CROYAIS QUE TU AVAIS ENVIE DE MOI...
À TOI DE DÉCIDER SI C'EST CE QUE TU VEUX... SI TU COMPTES ME DONNER UNE RÉPONSE POSITIVE.
Surmonter un fossé impossible à franchir ...?
Oublier nos obligations...?
Oui ou non...
Je dois donner ma réponse demain...

DÉCIDÉMENT,
JE CROIS QUE JE TE PRÉFÈRE QUAND TU PORTES TON UNIFORME.
J'EN AVAIS DES FRISSONS, HIER SOIR.
TU M'AS VU ?
JE VOULAIS JUSTE AVOIR MA RÉPONSE.
DEMAIN, ÇA FERA UNE SEMAINE.
CE N'EST PAS UNE QUESTION DE TEMPS.
NI UNE QUESTION DE STATUT... L'IMPORTANT, C'EST CE QUE TU RESSENS,
ET SI TU PENSES ÊTRE CAPABLE DE SURMONTER LES DIFFICULTÉS.
POC
CE QUE JE RES-SENS...
....

Si j'ai du mal à renoncer aux instants passés avec lui,
c'est parce que ce sont les seuls moments où je peux être moi-même.
VOICI LA LISTE DES ARRESTATIONS D'HIER SOIR.
ILS ONT ÉTÉ TRANSFÉRÉS TOUT À L'HEURE.
BEAU TRAVAIL, IVAN. C'EST UNE GROSSE PRISE.
POF
AVEC ÇA, TU POURRAS ENFIN PRENDRE TES CONGÉS.
OUI...
TIENS ? MAIS C'EST...
TAP
TAP

Quand il s'agit de faire mon devoir, je fais taire mes sentiments... J'ai moi aussi un côté glacial qu'Ed ne connaît pas.
Je suis fier de faire partie de l'armée.
Et je ne pense pas changer d'avis là-dessus.
Mais...
SMILE
Laisse-moi rester comme ça...
Juste un instant...
On est pareils.

OUI, ON A PU LES SURPRENDRE AU MOMENT DE LA REVENTE.
LE TRAÎTRE ÉTAIT LE SERGENT RESPONSABLE DE L'ARMURERIE ET QUELQUES AUTRES OFFICIERS...
LIEUTENANT ASIMOV !
C'ÉTAIT UN PIÈGE ! LA MAFIA M'A MENACÉ PARCE QUE JE LEUR DEVAIS DE L'ARGENT À CAUSE D'UN PARI !
JE VOUS EN PRIE, NE M'AR-RÊTEZ PAS !
DOMMAGE, MAIS CE N'EST PAS MOI QUI DÉCIDE.
TOURNE
EMMENEZ-LE.
LIEUTE-NANT !!
VROOOM
.....
Je suis pareil qu'Ed...

Une réponse...
Mais je...
NE BOUGEZ PLUS !
!!
RESTEZ CALMES !

Une réponse...
TU N'AS QU'UN SEUL MOT À DIRE.
JE TE DONNE UNE SE-MAINE.
LÂCHE
QUAND TU TE SERAS DÉCIDÉ, AP-PELLE-MOI.
CLAC...
GLISSE...
Je veux juste une réponse.

NNH...
SHUP
くちっ
SHUP
くちゅ
HH... NH...
Non...
Pourquoi ...?
JE T'EN PRIE, ED...
ARRÊTE !
NON... J'AI ENVIE DE TOI.
J'ESSAIE DE FAIRE EN SORTE QUE ÇA NE SE VOIE PAS, MAIS TU ME RENDS DINGUE, IVAN...
C'EST DE TA FAUTE...
NON... PAS MAINTENANT.
CE N'EST PAS DIFFICILE... «OUI» OU «NON». JE VEUX JUSTE UNE RÉPONSE.

POUSSE
ED...
ARRÊTE !
FUIP
FUIP
J'AI ENVIE DE TOI...
HAA...
QUAND J'AI DIT QUE J'ATTEN-DRAIS... JE MENTAIS.
NON...!
ARRÊTE ! ÇA VA PAS LA TÊTE, DE FAIRE ÇA ICI ?!
J'AI FERMÉ LA PORTE À CLÉ... PERSONNE NE VIENDRA.
JE N'AI PAS LE COURAGE D'ATTENDRE...
J'AI ENVIE DE TE FAIRE L'AMOUR ICI ET MAINTENANT.
.....!

GRIP
!!
ATTENDS...
ED !!
TCHAC
CLAC
SECURITY ROOM
PAF
....!
NH...
HH...
SLURP

C'est la voiture d'Ed...
JE RETOURNE AU QUARTIER GÉNÉRAL.
VOUS, CONTINUEZ À LES SUIVRE.
TAP...
SI ON NE PEUT PLUS SE VOIR PENDANT UN CERTAIN TEMPS, C'EST À CAUSE DE L'ENQUÊTE ?
À TON AVIS...?
OU C'EST À CAUSE DE LA DERNIÈRE FOIS ?
MAIS NON...!

Ce n'est peut-être pas plus mal.
Au moins, comme ça, j'aurai du temps pour réfléchir.
C'EST COMME VOUS L'AVIEZ PRÉVU, LIEUTENANT.
ON A PU PRENDRE EN PHOTO L'ENDROIT OÙ SE RETROUVENT L'HOMME D'AFFAIRE ET LE MEMBRE DE LA MAFIA.
PARFAIT. SUIVEZ-LES.
LE PLUS DUR, C'ÉTAIT DE TROUVER LEUR POINT DE RENCONTRE.
À PARTIR DE LÀ, ON PEUT DÉCOUVRIR L'ENDROIT OÙ ILS PRATIQUENT LEUR TRAFIC D'ARMES.

TU SAIS QUE...
S'IL SE PASSE QUOI QUE CE SOIT, C'EST TOI QUI SERAS SUSPECTÉ EN PREMIER ?
J'AI CONFIANCE EN TOI.
NE ME DÉÇOIS PAS.
D'ACCORD ?
.....
OUI.
NE VOUS INQUIÉTEZ PAS.
JE VOUS PROMETS DE DÉCOUVRIR LE TRAÎTRE.
Edoardo
了解
D'accord.
Désolé, mais on ne pourra pas se voir pendant un moment.
HAA...
Notre voyage à deux...
Edoard
Peut-être que c'était compromis depuis le tout début.

ET ENFIN, À PROPOS D'UNE AUTRE AFFAIRE...
NOS SOURCES AFFIRMENT QUE LORS D'UN SÉJOUR À MOSCOU, LE CHEF DU PLUS PUISSANT GROUPE MAFIEUX DE CETTE VILLE S'EST FAIT TIRER DESSUS PAR UN SNIPER. IL EST DANS UN ÉTAT CRITIQUE.
BIP
VOICI LE PATRON,
ET VOICI SON BRAS DROIT.
QUANT AUX FILS DU PATRON,
ILS SONT CENSÉS HÉRITER DE LUI.
IL Y AURA CERTAINEMENT DANS PEU DE TEMPS UNE LUTTE INTERNE POUR SAVOIR QUI HÉRITERA.
FAITES BIEN ATTENTION À NE PAS VOUS RETROUVER IMPLIQUÉS DANS CETTE HISTOIRE ALORS QUE L'ENQUÊTE EST EN COURS. C'EST TOUT.
C'était donc de ça qu'Ed parlait, l'autre jour...
IVAN.
TU ÉTAIS AMI AVEC CET HOMME, IL Y A LONGTEMPS, N'EST-CE PAS ?

JE PENSE QUE VOUS ÊTES TOUS AU COURANT, MAIS DEPUIS L'AFFAIRE AVEC LE DERNIER COMMANDANT, IL Y A DE PLUS EN PLUS DE PROBLÈMES D'ALLIANCES SE-CRÈTES ENTRE L'ARMÉE ET LA MAFIA.
HIER, UN HOMME D'AFFAIRE A ÉTÉ ARRÊTÉ POUR AVOIR REVENDU DES ARMES À LA MAFIA DE MOSCOU.
UNE ENQUÊTE INTERNE A ÉTÉ LANCÉE POUR DÉCOUVRIR LES TRAÎTRES AU SEIN DE L'ARMÉE.
J'AIMERAIS VOTRE PLEINE ET ENTIÈRE COOPÉRATION LORS DE CETTE ENQUÊTE.
TAP...
VOICI LES MEMBRES DE LA MAFIA QUI SONT IMPLI-QUÉS...
DAM
DAM
Ouf...
Ed n'en fait pas partie...

Il fait partie de la mafia.
C'est le numéro 2 du groupe. Le futur patron.
Je le savais parfaitement, et pourtant, j'ai quand même choisi...
de rester à ses côtés.
TAP
TAP
TAP
LIEUTE-NANT !
LE COM-MANDANT VOUS DEMANDE.
ÇA AVAIT L'AIR URGENT... VOUS DEVEZ LE REJOINDRE DANS LA SALLE DE RÉUNION.
TRÈS BIEN.
ÉCOUTEZ-MOI.

Ce jour-là, j'ai rejeté Ed...
Je ne l'ai même pas embrassé pour lui dire au revoir.
Je l'ai sans doute blessé...
EH BIEN...
C'EST RARE DE TE VOIR ICI ALORS QUE TU ES UN TIREUR D'ÉLITE.
TU AS L'AIR TROUBLÉ, DEPUIS QUELQUES JOURS... IL S'EST PASSÉ QUELQUE CHOSE ?
.....
NON...
ÇA FAISAIT JUSTE LONGTEMPS QUE JE NE M'ÉTAIS PAS ENTRAÎNÉ.
BANG
BANG
BANG

.....
Je croyais que tu voulais me parler de quelque chose ?
Non, je vais rentrer...
Il neige vraiment fort, en plus...
SURSAUTE
On en parlera une prochaine fois.
Ivan...
Je t'enverrai un message quand je serai plus calme.

POF
ALLEZ, VIENS VOIR LE SPECTACLE.
......
Ed...
PAF
GLING
GLING
Tu veux dîner avec moi ?

VIENS, ALLONS VOIR LE RESTE.
.....
DÉSOLÉ, ED...
JE...
TU NOUS AS VUS, TOUT À L'HEURE, PAS VRAI ?
TU AS PEUR DE MOI ?
.....

CLAP
CLAP
.....
ED... LE SPEC-TACLE...
....!
AH...
SURSAUTE
!
HAA...
.....

TRILILI
......
!?
GRIP
WHAM !
....!
ED...?
LAISSE-MOI RESTER COMME ÇA UN INSTANT...
J'AI BESOIN DE TOI...

Ed deviendra sans doute un jour le chef de son groupe mafieux.
Et si c'est le cas, on ne pourra probablement plus jamais se revoir.
.....
CRIC
IVAN !
TU ES EN RETARD ! JE T'ATTENDAIS !
WHAM
DÉSOLÉ, J'AI ÉTÉ RETENU AU TRAVAIL...
AH BON.

.....
EMMENEZ-LE.
TOUT VA BIEN ?
Haa
OUI.
MAIS MAIN-TENANT, J'AI L'IMPRESSION QUE CET ENDROIT EST SOUILLÉ...
QUEL GÂCHIS.
TAP...
.....
C'est une autre facette d'Ed...
Un homme aussi glacial et hautain qu'un empereur.

LAISSE TOMBER.
LA TRAHISON EST PUNIE DE MORT.
C'EST DANS NOTRE CODE DE CONDUITE.
AH...
AAAAAAH !!
!!
ED !! TU M'AS TOUJOURS FAIT CROIRE QUE TU ÉTAIS DE MON CÔTÉ !
ESPÈCE DE DÉMON !
UN DÉMON ? ÇA NE ME DÉRANGE PAS.
C'EST TOUJOURS MIEUX QU'UN TRAÎTRE.

IL FAUT QUE TU PARLES DE MOI AU PATRON !
SINON, JE SUIS MORT !
TU ES SON BRAS DROIT, TOI ! SI TU ME DÉFENDS, IL T'ÉCOUTERA SANS DOUTE !
JE T'EN PRIE !
TSS...
IMPOSSIBLE.
JE NE PEUX PAS FAIRE D'EXCEPTIONS.
CLAP
WHAM
AAH !!
E... ED !! SAUVE-MOI !!
JE TE JURE QUE JE NE VOULAIS PAS VRAIMENT EMPOISONNER LE PATRON !
JE T'EN PRIE !!
TU AS UN SACRÉ CULOT DE DIRE ÇA ALORS QUE TU ÉTAIS COMPLICE.

JE T'EN PRIE !
ÉCOUTE-MOI !
Tiens ?
C'est...
Ed ?
DIS DONC...
JE T'AI DÉJÀ DIT DE NE PAS VENIR ME PARLER TRAVAIL QUAND JE SUIS AU THÉÂTRE.
J'ÉTAIS OBLIGÉ DE VENIR, PUISQUE TU REFUSES DE ME RENCONTRER !
SI TU M'ÉCOUTES PAS, TU VAS LE REGRETTER !
......
FAIS VITE.

DÉSOLÉ, JE SUIS EN RETARD...
JE VOUS ATTENDAIS.
VOICI VOTRE TICKET.
MERCI...
LE PREMIER ACTE SE TERMINE DANS 15 MINUTES.
VOUS POUVEZ ATTENDRE LE DÉBUT DU DEUXIÈME ACTE DANS LE HALL.
15 MINUTES...
FLOUP
JE PRENDRAIS BIEN UNE BOISSON CHAUDE.
TAP
....!

Je vais revoir Ed...
Chaque fois que j'y pense, j'ai le cœur qui s'emballe.
Pour moi, il est irremplaçable...
BOBOM
Qu'est-ce que j'ai vraiment envie d'être, pour lui ?
HAA
HAA

BIP
UN MESSAGE D'ED...
J'ai pu obtenir des tickets pour un nouveau ballet.
«Tu ne voudrais pas venir au théâtre ce soir, si tu as du temps?»
Si tu peux venir, récupère le tien à l'accueil du théâtre.
PARFAIT.
Edoardo
Alors on se voit au théâtre.
Moi aussi, je voudrais te parler de quelque chose.
BIP !
HAA...
Je...
Je ne sais pas si c'est de l'amour que je ressens pour Ed...

TU AS FAIT DU TRÈS BON TRAVAIL, IVAN.
GRÂCE À TOI, ON A DÉCOUVERT LES AUTRES SCIENTIFIQUES QUI TRAVAILLAIENT POUR LA MAFIA.
PAR CONSÉQUENT, JE T'AUTORISE À PRENDRE LE CONGÉ QUE TU AS DEMANDÉ, DU 1ER AU 10 DU MOIS PROCHAIN.
MERCI BEAUCOUP.
Super !
Je vais enfin pouvoir passer du temps avec Ed !
Avec ça, on pourra peut-être se rapprocher un peu l'un de l'autre...
AH...
You got a mail.

SI TU PEUX PRENDRE DES CONGÉS, TIENS-MOI AU COURANT.
ET MOI, SI J'ARRIVE À AVOIR DE BONS BILLETS POUR UN BALLET, JE TE LES ENVOIE PAR COURRIER.
N'HÉSITE PAS À VENIR SI TU ARRIVES À TE LIBÉRER.
OUI...
BON, EH BIEN... À BIENTÔT.
......

EXCUSEZ-MOI...
QUOI ?
IL S'EST PASSÉ QUELQUE CHOSE...
.....
LE PATRON ? CE SOIR ?
OUI, ILS SONT PASSÉS À L'ACTION...
Le patron ?
DÉSOLÉ, IL FAUT QUE J'Y AILLE.
De quoi parlent-ils ?
LE TRAVAIL...
Quoi...?
Déjà ?

C'EST JUSTE QU JE SUIS SURPRIS.
JE N'AI PAS L'HABITUDE DE TE VOIR RIRE COMME ÇA.
IL FAUT DIRE, TON CHAT EST TELLE-MENT DRÔLE...
C'est vrai...
Je ne ris pas très souvent.
Mais quand je suis avec Ed, je me sens tellement bien...
J'AI L'IMPRESSION QUE TU CHANGES PETIT À PETIT, DEPUIS QU'ON S'EST REVUS.
JE ME DEMANDAIS SI TU N'ÉTAIS PAS DEVENU TROP INSENSIBLE, À FORCE D'ÊTRE DANS L'ARMÉE...
MAIS ÇA ME REND HEUREUX DE TE VOIR RIRE ET SOURIRE COMME N'IMPORTE QUI D'AUTRE.
......

LA DERNIÈRE FOIS, J'AI PRIS UNE PHOTO DE MON CHAT.
TON CHAT ?
OUI. JE NE M'ÉTAIS PAS RENDU COMPTE QU'IL ÉTAIT DEVENU SI GROS...
EN FAIT, IL RESSEMBLE PLUS À UNE OTARIE QU'À UN CHAT.
REGARDE.
PFF !
HA HA ! C'EST UN PEU MÉCHANT DE DIRE QU'IL RESSEMBLE À UNE OTARIE,
MAIS C'EST LA PREMIÈRE FOIS QUE JE VOIS UN CHAT COMME LUI !
.....
ED ? J'AI DIT QUELQUE CHOSE DE BIZARRE ?
NON...

SERRE
EUH... ED, JE...
JE SAIS.
NE TE PRENDS PAS TROP LA TÊTE LÀ-DESSUS.
JE SUIS DÉJÀ CONTENT QU'ON AIT PU EN PARLER ENSEMBLE.
J'ATTENDRAI JUSQU'À CE QUE TU AIES PRIS TA DÉCISION.
......
Je...
AH, AU FAIT.

[*Jour férié russe, anciennement «Jour de l'Armée Rouge», le 23 février]

AU FAIT, JE T’AVAIS POSÉ LA QUESTION À PROPOS DE TES CONGÉS...
TU PENSES POUVOIR TE LIBÉRER PENDANT UNE JOURNÉE OU DEUX ?
......
EUH... JE NE CROIS PAS.
C’EST LE VRAI QUE L’AFFAIRE DU VIRUS A ÉTÉ RÉSOLUE, MAIS ON EST QUAND MÊME TRÈS OCCUPÉS.
AH BON...
C’EST VRAI QUE CE N’ÉTAIT QUE LE SOMMET DE L’ICEBERG.
VOUS DEVEZ SANS DOUTE CONTINUER À RECHERCHER DES LIENS ENTRE CERTAINS SCIENTI-FIQUES ET LA MAFIA, ÇA PREND DU TEMPS...
......
MAIS CE N’EST PAS LA PEINE DE PARLER DE ÇA.
SI ON NOUS SOUPÇONNE DE NOUS FRÉQUENTER, ÇA NOUS CAUSERA DES PROBLÈMES.
OUI...

QU'EST-CE QUE TU AS ? TU N'AIMES PAS ?
EUH... SI, C'EST DÉLICIEUX.
ÇA CHANGE DE LA CANTINE DE L'ARMÉE...
Hi hi
ÉVIDEMMENT ! LE CHEF CUISINIER EN PLEURERAIT DE DÉPIT SI C'ÉTAIT DU MÊME NIVEAU.
Quand je le regarde...
.....
je n'ai vraiment pas l'impression qu'il appartient à la mafia.
Il ressemble plutôt à un membre de l'aristocratie.
Ce serait bien si c'était le cas...

UNE BIÈRE POUR LUI, ET MOI, JE PRENDRAI DU VIN.
TU VEUX MANGER QUELQUE CHOSE EN PARTICULIER ?
NON, PAS VRAIMENT...
DANS CE CAS, DU CAVIAR EN ENTRÉE, DES ROULÉS À LA VIANDE ET AU PAPRIKA, DE LA SOUPE DE SAUMON, ET POUR LE PLAT PRINCIPAL, DU BŒUF STROGANOV. ÇA T'IRA, IVAN ?
EUH, OUI...
CLING
CLING
......

TU N'AS PAS TROP ATTENDU ?
IVAN...
DÉSOLÉ D'ÊTRE EN RETARD ALORS QUE TU ES SI OCCUPÉ...
NE T'INQUIÈTE PAS.
ON AURA ENCORE L'OCCASION DE MANGER ENSEMBLE.
AVEC NOS MÉTIERS RESPECTIFS, C'EST DIFFICILE DE PARVENIR À SE VOIR.
JE SAIS QUE TU FAIS BEAUCOUP D'EFFORTS, IVAN.
MERCI, ED.

TAP...
ED !
TAP...

密命
mitsumei
完結編
Mitsumei
Conclusion

- Deuxième partie /FIN -

Mais je pense qu'il serait temps de revenir sur ta décision de ne plus jamais voir de ballet.
Si tu ressens ne serait-ce qu'un peu d'affection pour moi,
j'aimerais que tu viennes regarder l'ouverture du spectacle avec moi.
TAP...
CRIIIC
Et peut-être pourrons-nous entamer une nouvelle vie à deux...

VROOOM
SCHRIC
!
MAIS C'EST...
Mon cher Ivan,
J'ai été très heureux de voir que tu possédais toujours les qualités qui m'ont fait tomber amoureux de toi à l'école.

IVAN, TIENS.
...... ED...?
C'EST UNE LETTRE QUI PARLE DE MES SENTIMENTS.
J'ATTENDS TA RÉPONSE.

QU'EST-CE QUI T'ARRIVE ?
C'EST RARE DE TE VOIR PLEURER...
......
SI TU PLEURES PAR UN TEMPS PAREIL,
FUIP
TES LARMES VONT GELER.
C'EST L'IDÉE DE NE PLUS JAMAIS ME VOIR QUI TE REND SI TRISTE ?
HOCHE
......

... Non !
ATTENDS...
ED !
ATTENDS !

C'est la fin...?
Ce sera notre dernière rencontre...
On ne vit pas dans le même monde...
On ne se reverra...
Plus jamais...

Il m'a toujours traité...
comme si j'avais énormément d'importance pour lui.
Comment j'ai pu ne pas m'en rendre compte ?
......
JE SUIS CONTENT D'AVOIR PU TE REVOIR.
?
ON VIT DANS DEUX MONDES DIFFÉRENTS...
MAIS JE SUIS HEUREUX D'AVOIR PU PASSER UN PEU DE TEMPS AVEC TOI.

JE SAIS QUE TU ADORAIS VOIR TA MÈRE DANSER.
TU ÉTAIS FIER D'ELLE.
C'EST POUR ÇA QUE TU AS ÉTÉ AUSSI PROFONDÉMENT BLESSÉ.
C'EST À CE MOMENT-LÀ,
QUAND JE T'AI SERRÉ CONTRE MOI...
QUE J'AI PRIS CONSCIENCE DE MES SENTIMENTS POUR LA PREMIÈRE FOIS.
ED...
DÉSOLÉ... JE N'AVAIS PAS DU TOUT REMARQUÉ...
ÇA NE FAIT RIEN.
QUE TU LE REMARQUES OU NON, ÇA N'AURAIT RIEN CHANGÉ.

J'ÉTAIS QUAND MÊME TRÈS SURPRIS...
QUE TU TE RAPPELLES DE CE QUE TU M'AS DIT CE JOUR-LÀ.
.....
JE N'AURAIS PAS PU OUBLIER.
SCHRIC
J'ÉTAIS AMOUREUX DE TOI, À CETTE ÉPOQUE...
JE T'AI TOUJOURS AIMÉ, IVAN.

JE VOIS, C'ÉTAIT DONC ÇA...
FINALEMENT, TU NOUS AS SAUVÉS, MOI ET MON PÈRE.
MERCI...
JE NE VOULAIS PAS VOUS SAUVER. JE VOULAIS JUSTE ME VENGER.
MAIS SI MON PÈRE N'AVAIT PAS ACCUSÉ LE TIEN À TORT...
LAISSE TOMBER, IVAN.
C'EST DU PASSÉ.
JE T'AI DIT QUE TU N'ÉTAIS PAS RESPON-SABLE DES ACTES DE TON PÈRE.
ED...
C'EST MOI QUI FINANCE LE PROCHAIN BALLET QUI AURA LIEU AU THÉÂTRE MARIISNKY.
Smile
....
ET PUIS, J'AIME PLUTÔT BIEN MA VIE ACTUELLE, POUR ÊTRE HONNÊTE.
JE SUIS ENTOURÉ DE MAGNIFIQUES ŒUVRES D'ART, ET JE PEUX AIDER CERTAINS ARTISTES...
......
UN BALLET ...

ET PUIS...
C'EST À CAUSE DE MON PÈRE SI LE TIEN A TERMINÉ EN PRISON.
C'EST DU PASSÉ. JE T'AI DIT QUE MA VIE ACTUELLE ME CONVENAIT.
MAIS...
ET PUIS, C'ÉTAIT DE BOLIN DONT JE VOULAIS VÉRITABLEMENT ME VENGER.
TON PÈRE A ACCUSÉ LE MIEN À TORT, MAIS C'EST BOLIN QUI L'A ASSASSINÉ.
À CETTE ÉPOQUE, IL ÉTAIT LE SECRÉTAIRE DE MON PÈRE.
!
SON ARRESTATION ARRANGEAIT BIEN SES PLANS.
PUIS IL L'A TUÉ, ET IL EST DEVENU MEMBRE DU PARLEMENT.
JE ME SUIS RAPPROCHÉ DE LUI POUR POUVOIR LUI RENDRE LA MONNAIE DE SA PIÈCE...
C'EST DE LUI QU'EST PARTIE TOUTE CETTE HISTOIRE DE CAPSULE.
SANS SE RENDRE COMPTE QUE JE FAISAIS JUSTE SEMBLANT DE NE RIEN SAVOIR, IL A MÊME IMAGINÉ UN PLAN POUR VOUS FAIRE PORTER LE CHAPEAU, À TOI ET À TON PÈRE.
QUEL IDIOT.

CRIII
BON SANG...
POURQUOI TU TIENS ABSOLUMENT À CE QU'ON SE RENCONTRE DANS UN ENDROIT AUSSI REPÉ-RABLE ?
SI L'ARMÉE DÉCOUVRE QUE TU ME FRÉQUENTES, TON RANG VA EN SOUFFRIR !
MAIS NON.
C'EST POUR ÇA QUE JE T'AI FAIT VENIR.
MÊME SI ON NOUS VOIT, ÇA N'A PAS D'IMPORTANCE.
TCHAC
SI TU IN-SISTES...
TAP
ED...
JE SUIS DÉSOLÉ D'AVOIR DOUTÉ DE TOI.

Bolin a nié les accusations portées contre lui…
Une enquête est en cours pour déterminer si cette affaire est liée au suicide du commandant en chef de l'armée de terre.
CLIC !
Au moins, j'ai réussi à empêcher que la capsule sorte du pays...
Mais je regrette de n'avoir pas réussi à faire arrêter le commandant...
Ma mission est un succès,
je suppose...

TAC カタ
TAC カタ
TAC カタ
......
Mikhail Asimov
Fathe
CALL
Et pour la suite de ce journal…
L'arrestation de l'ancien membre de l'Assemblée Bolin, dont l'implication dans une affaire de meurtre vient d'éclater au grand jour.

VOUS AVEZ ÉTÉ AMENÉ ICI PAR QUELQU'UN QUI PRÉTEND CONNAÎTRE LE MINISTRE ASIMOV.
VOTRE PRÉSENCE EST UN SECRET DÉFENSE. SEUL LE MÉDECIN MILITAIRE ET MOI SOMMES AU COURANT.
Ed m'a amené ici...
Il n'a rien dit à mon sujet...
Il n'a pas changé.
Il est exactement tel que l'ami que j'adorais à l'époque.
SCHRIC
FLAP
ATTENDEZ, LIEUTENANT !
VOUS ÊTES ENCORE BEAUCOUP TROP FAIBLE !
DÉSOLÉ, MAIS JE N'AI PAS LE TEMPS, IL FAUT ABSOLUMENT QUE JE CONTACTE QUELQU'UN.
PERSONNE NE SAIT QUE JE SUIS ICI, N'EST-CE PAS ?
EUH... NON, PERSONNE...

Ed...
Qu'est-ce que ça veut dire...?
Ce qu'il aime...?
VOUS ÊTES ENFIN RÉVEILLÉ, LIEUTENANT !
JE...
OÙ SUIS-JE ?

SMAK
ED...
E...
Ce baiser...
Ce n'est pas un simple baiser de retrouvailles ...
SMAK
.....?
VACILLE
J'AI L'IMPRES-SION... DE ME VIDER DE MES FORCES...
NE T'INQUIÈTE PAS.
FLIP
C'EST JUSTE UN SOMNIFÈRE.
TU ES VRAIMENT QUELQU'UN D'INCORRUPTIBLE...
C'EST CE QUI FAIT TA FORCE... C'EST CE QUE J'AIME LE PLUS CHEZ TOI, DEPUIS TOUJOURS.
Mince...
Je perds conscience...

VOUS ÊTES DEUX PERSONNES DIFFÉRENTES.
TU ES QUI TU ES.
......
ED...
ちゅく
FLUP

AUTRE CHOSE ?
FUIP
JE PEUX FAIRE AUTRE CHOSE POUR TOI ?
.....
HA HA...
JE RECONNAIS MA DÉFAITE...
TU AS GAGNÉ.
ED...
LA VENGEANCE NE M'INTÉRESSE PAS.
MAIS TON PÈRE...
POC
JE TE L'AI DIT, ON NE PEUT PAS REVENIR EN ARRIÈRE.
MAIS ÊTRE OBLIGÉ DE TE HAÏR À CAUSE DE CE QUE TON PÈRE A FAIT...
ÇA, JE N'Y ARRIVAIS PAS.

SLURP

Mais d'un autre côté, si j'arrive à le faire changer d'avis...
SERRE
Si j'arrive à ébranler ses convictions les plus profondes...
Soupir
SI JE BOIS ÇA, TU TE RETIRERAS DE CETTE AFFAIRE.
C'EST UNE PRO-MESSE,
ED...

JE NE TE DIRAI PAS CE QUE J'AI MIS DEDANS.
C'EST PEUT-ÊTRE DU POISON, C'EST PEUT-ÊTRE UNE DROGUE QUI TE FERA TOUT OUBLIER, POUR QUE JE PUISSE FAIRE DE TOI UN ESCLAVE.
OU ALORS, C'EST PEUT-ÊTRE UN MÉDICAMENT QUI PARALYSERA TOUT TON CORPS.
MAIS C'EST PEUT-ÊTRE AUSSI UN COMPLÉMENT NUTRITIF. UN SIMPLE SOMNIFÈRE.
.....
TU ME FAIS CONFIANCE ?
.....
Si Ed tient plus que tout à sa vengeance...
ce verre risque de me tuer.
TSS...

……
CLAC
ALORS BOIS ÇA.
CRIC
PLIC
PSCHH

ÇA NE CORRES-POND PAS À LA PERSONNE QUE TU ES.
MÊME S'IL S'AGIT D'UNE VENGEANCE.
IVAN ...
OUI !
QUELQU'UN QUI AIME AUTANT L'ART ET LA BEAUTÉ, QUELQU'UN D'AUS-SI GENTIL QUE TOI, SERAIT INCAPABLE DE COMMETTRE UN ACTE PAREIL.
J'AI CONFIANCE EN TOI.
TU N'AS PAS CHANGÉ, ED.
TU NE FERAIS JAMAIS QUELQUE CHOSE D'AUSSI HORRIBLE.
C'EST POUR ÇA QUE SI TU AS BESOIN DE MOI, JE FERAIS N'IMPORTE QUOI POUR TOI !
......

JE COMPRENDS QUE TU AIES ENVIE DE VENGER TON PÈRE...
MAIS NE TE SALIS PAS LES MAINS AVEC UN TEL CRIME.
VACILLE
NE FAIS PAS ÇA, ED...
JE NE PEUX PAS TRAHIR L'ARMÉE, MAIS EN ÉCHANGE, JE FERAI CE QUE TU VOUDRAS !
ALORS ...
C'EST PEUT-ÊTRE UN CRIME, MAIS C'EST MON TRAVAIL.
NON.
VENDRE UNE CAPSULE ILLÉGALEMENT JUSTE POUR TE VENGER...
JE CROIS QUE TU NE LE FERAIS PAS.
TU CROIS ÇA ?

Il s'agit d'Ed, là...
Tout ce qu'il fait a forcément un sens.
S'IL TE PLAÎT, AIDE-MOI À FAIRE ARRÊTER BOLIN !
IL SERA DESTITUÉ DE SES FONCTIONS DÈS QUE POSSIBLE !
SI ON NE SE DÉPÊCHE PAS, LA CAPSULE VA SORTIR DU PAYS... IL FAUT QU'ON L'EN EMPÊCHE !
PAS ENVIE.
PAF
ぱしっ
!
MAIS POURQUOI...?
À TON AVIS ?
JE FAIS PARTIE DE LA MAFIA.
JE N'AI PAS ENVIE DE LAISSER FILER UNE GROSSE SOURCE DE PROFIT.
POP

LA VENGEANCE, ÇA M'EST COMPLÈTEMENT ÉGAL.
CLAC
POF
.....
C'EST LUI QUI A VOLÉ LA CAP-SULE...?
SURTOUT SI JE PEUX ME FAIRE DE L'ARGENT À LA PLACE.
VA SA-VOIR.
Il a voulu me montrer que le commandant était un traître et que Bolin était coupable du vol...
Mais s'il est allié avec eux, pourquoi faire ça ?

IL SUFFIT JUSTE D'ATTENDRE UN PEU. IL EST TRÈS AFFAIBLI, EN CE MOMENT.
IL FAUT CONTINUER NOS EFFORTS, ET IL FINIRA PAR TOUT NOUS DIRE, VOUS VERREZ.
JE COMPTE SUR TOI.
OUI...
ÇA POSE UN PROBLÈME ?
CE N'EST PAS CE QUI M'INTÉRESSE LE PLUS, À CÔTÉ DE LA POSSIBILITÉ DE FAIRE DE GROS PROFITS.
HA HA ! QUEL OPPORTUNISTE.
SI J'ARRIVE À OBTENIR LA PREUVE DE SA TRAHISON, VOUS ET LE COMMANDANT POURREZ FAIRE ARRÊTER LE MINISTRE ASIMOV.
ET ENSUITE, VOUS POURREZ VENDRE LA CAPSULE AU PROCHE-ORIENT ET AMASSER UNE FORTUNE CONSIDÉRABLE. C'EST BIEN CE QUE VOUS COMPTEZ FAIRE ?
GRÂCE À CE PLAN, TOI, TU POURRAS TE VENGER DE CELUI QUI A TUÉ TON PÈRE.
PAS DU TOUT,
JE SUIS JUSTE TERRE-À-TERRE.

Ed ? Qu'est-ce que...
REGARD
....
À CE SUJET, EST-CE QUE LA VIDÉO DE SON EMPRISONNEMENT VOUS A ÉTÉ UTILE ?
PAS DU TOUT, MALHEUREUSEMENT.
IL N'A PAS DIT UN SEUL MOT DE TOUTE SA DÉTENTION.
JE VOUS L'AVAIS DIT.
QUOI QU'ON LUI FASSE, IL NE RÉVÈLERA RIEN.
SCHLING !
MÊME À MOI, IL NE VEUT RIEN ME DIRE, ET J'ÉTAIS POURTANT UN DE SES AMIS D'ENFANCE.
JE VOIS...
SON SUPÉRIEUR A REGARDÉ LA VIDÉO ? IL DOIT PROBABLEMENT REGRETTER D'AVOIR ENVOYÉ QUELQU'UN DE SI RÉSISTANT À LA TORTURE.
!
Mon supérieur ?
Mais alors, le commandant est dans le coup ?
GRIP
OUI, IL N'EST PAS TRÈS CONTENT.
IL N'Y AURAIT PAS MOYEN DE LE FORCER À PARLER ?

AU MOINS, ICI, VOUS AVEZ LA CERTITUDE QU'IL N'Y AURA PAS DE MICROS,
MONSIEUR BOLIN.
!?
Bolin ? Mais c'est un membre du parlement !
Il fait partie du ministère des Affaires Étrangères, c'est lui qui gère les relations avec le Proche-Orient...
C'est un politicien centriste qui avait des relations avec mon père...
Il aurait un rapport avec la capsule contenant le virus ?
Est-ce qu'Ed a fait exprès de laisser la porte ouverte ?
Mais pourquoi ?
À PART ÇA, QU'EST DEVENU NOTRE BRAVE LIEUTENANT ?
JE PENSE QU'IL CÉDERA BIENTÔT.
IL SEMBLE ÊTRE SUR LE POINT D'ACCEPTER DE DEVENIR AGENT DOUBLE POUR NOUS.

TU POURRAS ME DONNER TA RÉPONSE QUAND TU TE SENTIRAS MIEUX.
.....
MAIS SI TU VEUX RÉELLEMENT TE FAIRE PARDONNER, C'EST LA SEULE CONDITION.
ED... C'EST IMPOSSIBLE...
JE NE PEUX PAS...
DRIIING
DRIIING
C'EST UN CLIENT.
RESTE ICI ET REPOSE-TOI.
CRIIIC
.....
BONJOUR, EDOARDO !
C'EST RARE QUE TU ME REÇOIVES DANS TA CHAMBRE.
Cette voix... Je l'ai déjà entendue ...

.....
TU NE POURRAS PAS REVENIR EN ARRIÈRE ET ME RENDRE CE QUE J'AI PERDU.
QUE CE SOIT LE TEMPS OU LA VIE DE MON PÈRE.
ET EST-CE QUE JE POURRAI... ME FAIRE PARDONNER ?
PARDONNER ?
SI C'EST CE QUE TU SOUHAITES, IL Y A EN EFFET UNE CHOSE QUE TU ES LE SEUL À POUVOIR FAIRE.
TU PEUX ME DIRE CE QUE TU ES VENU FAIRE CHEZ MOI, ET ME LIVRER LES SECRETS DE L'ARMÉE.
.....
TU VEUX DIRE QUE...
TU VOUDRAIS QUE JE DEVIENNE UN AGENT DOUBLE ?
EXACTEMENT.

TCHAC
カチャ
TU ES RÉVEILLÉ ?
....
ON DIRAIT QUE TA FIÈVRE A BAISSÉ.
ED...
POUR MON PÈRE... C'EST VRAI ?
ON PARLERA DE ÇA QUAND TU TE SENTIRAS MIEUX.
NON...
DIS-MOI...
QU'EST-CE QU'IL FAUT QUE JE FASSE...?

BLAM
IVAN !!
OÙ SUIS-JE...?
....

ET EN PARTICULIER UN CERTAIN ASIMOV, MEMBRE DU PARLEMENT SOVIÉTIQUE...
TON PÈRE.
QUOI...??
MON...
MON PÈRE...?
HAA
HAA
NON...
C'EST IMPOSSIBLE...
C'EST DE SA FAUTE SI TON PÈRE A ÉTÉ ACCU-SÉ...?
TREMBLE...
TREMBLE...
TREMBLE...
IVAN ?

MAIS C'ÉTAIT UN HOMME TROP HONNÊTE, IL N'ÉTAIT PAS FAIT POUR LA POLITIQUE.
COMME IL ÉTAIT OPPOSÉ AU CONFLIT CIVIL, ON LUI A TENDU UN PIÈGE POUR LE FAIRE TOMBER EN DISGRÂCE.
MON PÈRE ÉTAIT UN PACIFISTE; C'ÉTAIT RIDICULE DE CROIRE QU'IL AURAIT PU ORGANISER UNE ATTAQUE TERRO-RISTE. ET POURTANT, ON L'A ACCUSÉ DE VOULOIR COMMETTRE UN COUP D'ÉTAT, ET ON L'A EMPRISONNÉ.
QUELLE BLAGUE !
MAIS ALORS... IL A ÉTÉ ACCUSÉ À TORT ?
OUI.
PAR PLUSIEURS POLITICIENS RADICAUX...
UH

[*Perestroïka : série de réformes visant à rétablir la puissance économique de l'URSS entre 1985 et 1991. La perestroïka échoue et se termine sur l'éclatement de l'URSS.]

NON ! MON MEILLEUR AMI N'AURAIT JAMAIS FAIT UNE TELLE CHOSE !
HAA
HAA
MOI, LE SOUVENIR QUE J'AI DE TOI À CETTE ÉPOQUE, C'EST CELUI D'UN GARÇON À LA GENTILLESSE INCROYABLE.
C'EST POUR ÇA QUE TU AS VENDU TON ÂME AU DIABLE ?
JE FAIS ÇA POUR SURVIVRE. JE TE L'AI DÉJÀ DIT, NON ?
.....
HUM

VENDRE DES FUSILS DE L'EX-URSS OU DES ARMES BIOLOGIQUES À DES PAYS EN GUERRE RAPPORTE ÉNORMÉMENT D'ARGENT.
MAIS EN FAISANT ÇA... TU POUSSES LA RUSSIE À SA PERTE...
HAA
HAA
EN RUSSIE, TOUS LES HOMMES D'AFFAIRE LE FONT.
ÇA M'EST ÉGAL.
TAP...
TU ES HORRIBLE...
ÇA NE TE RESSEMBLE PAS... TU AS VRAIMENT CHANGÉ...
.....
ÇA NE ME RESSEMBLE PAS ?
GRIP

....!
HAA...
HAA
PAS BESOIN...
HAA
CE N'EST PAS POUR ÇA... QUE JE TE DIRAI QUOI QUE CE SOIT...
QUELLE OBSTINATION.
POURQUOI TU N'ARRIVES JAMAIS À LAISSER TOMBER ?
ET TOI, ALORS...?
POURQUOI... TU NE QUITTES PAS LA MAFIA...?
TU ARRIVES ENCORE À ME SORTIR UN SERMON ALORS QUE ÇA FAIT DES JOURS QUE TU ES EMPRISONNÉ ET QUE TU AS DE LA FIÈVRE... JE SUIS IMPRESSIONNÉ.
NON... C'EST UNE DEMANDE...
JE T'EN PRIE... QUITTE LA MAFIA...
CLAP
ALORS QUE C'EST UN TRAVAIL QUI ME CONVIENT PARFAITEMENT ?

HAA
HAA
HAA
IVAN ?
FUIP
WHAM
HAA
HAA
HAA
TU AS UNE FORTE FIÈVRE...
.....
ED...?
APPELEZ UN MÉDECIN.
GRIP

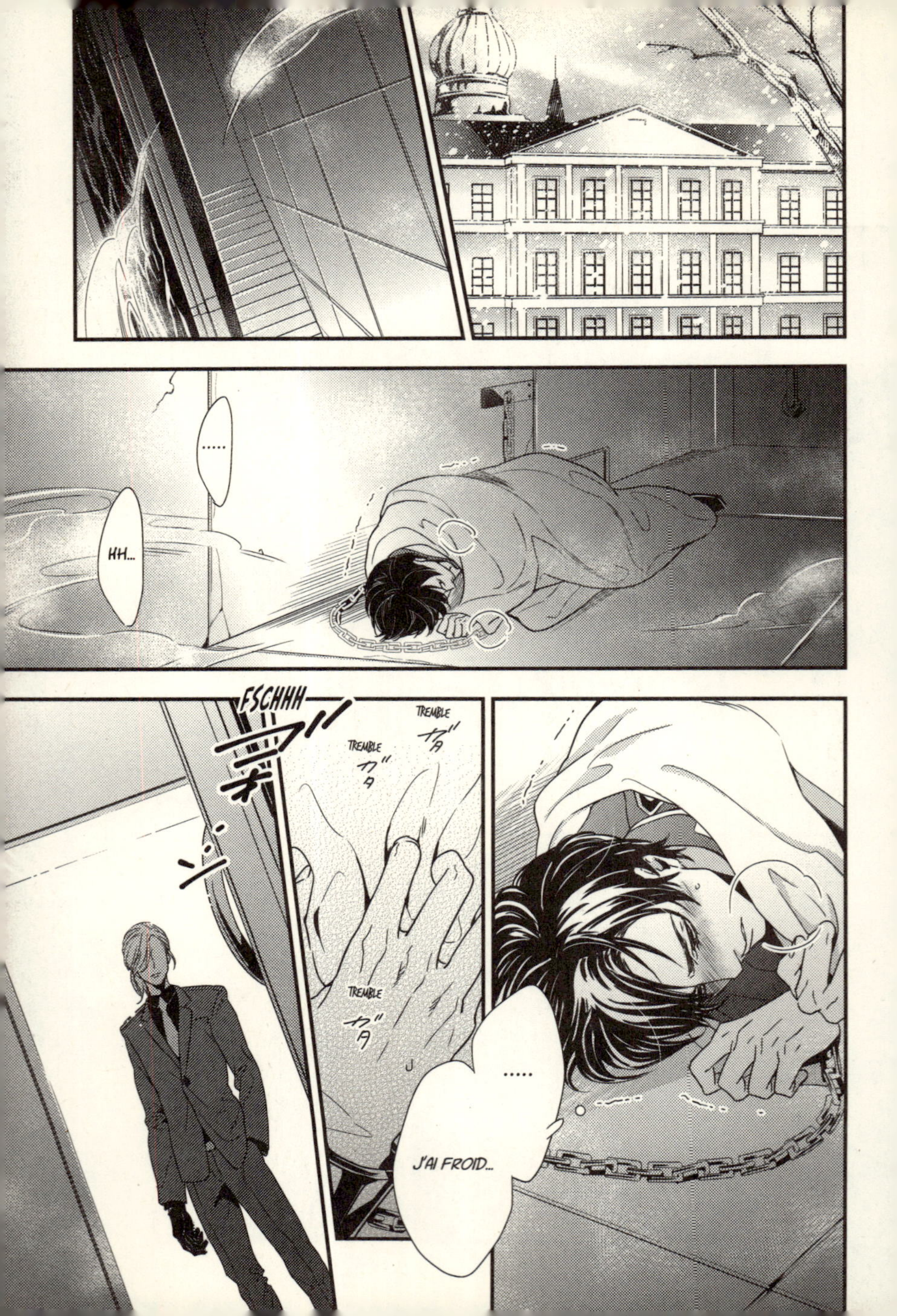
.....
KH...
FSCHHH
TREMBLE
TREMBLE
TREMBLE
.....
J'AI FROID...

Ed...
TAP
TAP
Est-ce que tu me hais ?
TAP
Ou bien...
FSCHHH

HH...
UH...
GRIP
JAMAIS...!
BOBOM
KHOF !
KHOF !
KHOF !
PLAF
HAA
HAA
KHOF !

D'OÙ EST-CE QU'ELLE TE VIENT, CETTE FORCE ?
COMMENT TU PEUX CONTINUER À T'ACCROCHER À TES CONVICTIONS ?
GH...
HH...
De la force ?
Non, ce n'est pas ça...
Je voulais juste me battre contre les injustices de ce milieu et contre mon héritage familial.
Mais toi, tu étais libre, tu étais rayonnant, et je t'enviais énormément.
TU N'AS PAS L'INTENTION DE CÉDER ?
TU NE COMPTES PAS ACCEPTER MON OFFRE D'AMITIÉ ET ME DIRE CE QUE TU SAIS ?
NON...
JE NE DIRAI RIEN... À LA MAFIA !
MÊME SI JE TE TUE ?
GRIP

J'AI TOUJOURS ÉTÉ COMME ÇA.
J'AURAIS PRÉFÉRÉ SUIVRE MES ENVIES ET DEVENIR ARTISTE, MAIS J'ÉTAIS LE FILS D'UN POLITICIEN... ON NE M'A PAS DONNÉ LE CHOIX.
ALORS QUE JE DÉTESTAIS LA VIOLENCE, ON M'A MIS DANS UNE ÉCOLE MILITAIRE POUR M'APPRENDRE À TUER DES GENS.
!
QUAND ON S'EST RENCONTRÉS, J'ADMIRAIS TA FORCE DE CARACTÈRE.
JE TE TROUVAIS INCROYABLE...
ET JE N'ARRIVAIS PAS À TE COMPRENDRE.
TU N'AVAIS AUCUN DOUTE.
TU VIVAIS SANS RENDRE DE COMPTES À PERSONNE.
GRIP
KKHHH
MÊME QUAND TU ÉTAIS VICTIME DE DISCRIMINATIONS À CAUSE DE TON ORIGINE ÉTRANGÈRE, TU RESTAIS ADMIRABLEMENT IMPERTURBABLE
SERRE
GHH...
ET MAINTENANT, TU ES UN SOLDAT D'ÉLITE.

CE N'EST PAS CE QUE TU ES EN TRAIN DE FAIRE, LÀ ?
......
HA HA !
PLUS TU PRONONCES DE JOLIES PAROLES COMME CELLES-CI, PLUS J'AI ENVIE DE RESSERRER TES CHAÎNES...
HI HI HI
JE VEUX TE VOIR PROSTRÉ SUR LE SOL, JUSQU'AU MOMENT OÙ TU CHANGERAS D'AVIS.
QUOI ...?
CE SERAIT TELLEMENT AGRÉABLE DE VOIR TA FIERTÉ RÉDUITE EN MORCEAUX...
RIEN QUE DE L'IMAGINER, J'EN AI DES FRISSONS.
RÉDUITE EN MORCEAUX...
CE N'ÉTAIT PAS CE QUE TU VOULAIS, AVANT.
TU TE TROMPES. J'EN AI ENVIE DEPUIS LE TOUT DÉBUT.

C'EST VRAI, TU AS RAISON.
.....
SI JE MEURS, ÇA NE CHANGERA PAS LA FACE DU MONDE. PERSONNE NE S'EN SOUCIERA.
SI J'ÉCHOUE DANS MA MISSION, TOUS LES EFFORTS QUE J'AI FAITS N'AURONT SERVI À RIEN... MAIS C'EST TOUT.
MALGRÉ TOUT, JE REFUSE DE CÉDER AU CHANTAGE DE LA MAFIA.
...PARCE QUE TU RESSENS DU MÉPRIS POUR MOI ?
ÇA N'A RIEN À VOIR !
CE N'EST PAS PARCE QUE TU AS CHOISI UN CHEMIN DIFFÉRENT DU MIEN... C'EST PARCE QUE JE NE PEUX PAS SUPPORTER CEUX QUI TORTURENT D'AUTRES GENS SANS QUE ÇA NE LEUR FASSE NI CHAUD NI FROID !

JE VAIS TE GARDER ICI TOUTE TA VIE.
TE FAIRE PASSER POUR MORT, ET T'UTILISER COMME ESCLAVE POUR SERVIR LA MAFIA.
QUOI...?
DE TOUTE FAÇON, TU N'AS PAS D'IMPORTANCE POUR TON PÈRE,
ET TA MÈRE EST MORTE.
MALGRÉ LE FAIT QU'ON T'AIT CHARGÉ D'OBTENIR DES INFORMATIONS SUR MOI, MÊME AU SEIN DE L'ARMÉE, TU N'AS AUCUNE IMPORTANCE.
PERSONNE NE TE REGRETTERA SI TU MEURS...
SAUF MOI. EN TANT QU'AMI, TU AS DE L'IMPORTANCE À MES YEUX.
SI TU ACCEPTES DE TRAVAILLER POUR MOI, TU SERAS TRAITÉ COMME UN ROI.

TU DEVRAIS TE RENDRE.
TU VAS CONTINUER À T'AFFAIBLIR, SINON.
POURQUOI TU NE ME DEMANDES PAS CE QUE JE CHERCHE À FAIRE ?
....
TUE-MOI.
JE N'AI AUCUNE INFORMATION QUI PUISSE T'ÊTRE UTILE, DE TOUTE FAÇON.
PAF
Pff...
NE DIS PAS DE BÊTISES.
CE SERAIT VRAIMENT UN ÉNORME GÂCHIS.

Je suppose qu'il m'inflige ça parce que la capsule contenant le virus est chez lui, ou parce qu'il a un lien avec le meurtre du scientifique...
Combien de jours se sont écoulés depuis ?
Mais c'est tout ce que je sais.
Je ne pourrai jamais le prouver, et encore moins sortir d'ici.
SCHLING
Est-ce qu'il limitera la torture à essayer de me conditionner ? Qu'est-ce qu'il tentera de faire, ensuite ?
....!
CRIIIIIIC

CETTE PIÈCE EST ÉQUIPÉE DE CAMÉRAS INFRAROUGES.
N'OUBLIE PAS QU'ON SERA CAPABLES DE VOIR ET D'ENTENDRE TOUT CE QUE TU FAIS.
SI TU NE PEUX PLUS LE SUP-PORTER, APPELLE-MOI.
JE VIENDRAI TOUT DE SUITE TE SAUVER.
MAIS ÇA VOUDRA DIRE QUE TU AURAS PERDU CONTRE MOI.
ET À CE MOMENT-LÀ, TU ME DIRAS TOUT CE QUE TU SAIS.
CRIIIIII
PLIC
PLIC

DANS CET ABRI, LA LUMIÈRE OU LES BRUITS DU MONDE EXTÉRIEUR NE TE PARVIENDRONT PLUS.
SI TU NE ME LE DIS PAS, TU RESTERAS PRISONNIER ICI POUR LE RESTE DE TA VIE.
......
TROIS JOURS DE CE RÉGIME, ET TU SERAS PRÊT À TOUT ME DIRE.
MAIS D'ABORD, JE VEUX TE TESTER, POUR VOIR CE QUE TU ES CAPABLE D'ENDURER.
ME TESTER...?
PRENDS ÇA COMME UNE SORTE DE PARI.
QUI VA GAGNER, DE NOUS DEUX ?
CETTE PLAQUE S'OUVRIRA UNE FOIS PAR JOUR.
C'EST PAR LÀ QU'ON TE FERA PASSER À BOIRE ET À MANGER.
MAIS TU N'AURAS DE CONTACT AVEC PERSONNE.

LAISSEZ-NOUS SEULS.
.....
TU COMPTES ME FAIRE DISPARAÎTRE ?
C'EST UN ABRI ANTIATOMIQUE, PAS VRAI ?
TU PEUX TUER N'IMPORTE QUI ICI, PERSONNE NE LE SAURA JAMAIS DEHORS...
EN EFFET.
TAP...
MAIS RIEN NE M'EMPÊCHE NON PLUS DE TE TORTURER PLUTÔT QUE DE TE TUER.
GRIP
JE VEUX CONNAÎTRE TON BUT.
DE QUI TU TIENS TES ORDRES, ET POURQUOI TU AS ESSAYÉ DE TE RAPPROCHER DE MOI.

EMMENEZ-LE.
TAP
TAP
TAP
TAP
OÙ EST-CE QU'ILS ME CONDUISENT ?
C'EST ICI.
ENTRE.
FSCHHH
CLING
......

Mais alors, depuis le début...
TU NE REGARDES PAS DE BALLET, IVAN.
C'EST POUR ÇA QUE JE ME SUIS TOUJOURS SERVI DU THÉÂTRE COMME D'UN ENDROIT D'ÉCHANGE.
MAIS JE N'Y SUIS JAMAIS ALLÉ LES SOIR OÙ ELLE DANSAIT...
PAR AMITIÉ POUR TOI.
....!
BON...
DRIIIING
....
QU'EST-CE QUE JE VAIS FAIRE DE CET ESPION...?
DRIIING
C'EST UN CLIENT.
JE M'OCCUPERAI DE TOI PLUS TARD.
!

TU VOIS, IVAN...
C'ÉTAIT UNE SURPRISE POUR MOI DE TE REVOIR AU THÉÂTRE POUR UNE REPRÉSENTATION DE BALLET.
....!
TU N'ES MÊME PAS ALLÉ AUX FUNÉRAILLES DE TA MÈRE, ALORS C'ÉTAIT VRAIMENT SURPRENANT DE TE TROUVER LÀ-BAS.
JE ME SUIS TOUT DE SUITE DOUTÉ DE QUELQUE CHOSE...
COMME PAR EXEMPLE, QUE TU CHERCHERAIS À TE RAPPROCHER D'UN MEMBRE DE LA MAFIA VENU VOIR LE SPEC-TACLE LORS DE RETROUVAILLES SURPRISES.

TOURNE
PAS MAL.
L'UNIFORME TE VA BIEN.
......
COMMENT EST-CE QUE TU SAIS QUE...
JE T'AI FAIT UNE PROMESSE, ALORS JE VAIS TE LE DIRE.
TU VEUX SAVOIR COMMENT J'AI DÉCOUVERT QUE TU ME MENTAIS ?
GLISSE...

LE LIEUTENANT IVAN ASIMOV, ESPION DES FORCES SPÉCIALES ...
J'AI ENVIE DE TE VOIR SOUS TON VRAI VISAGE.
MON VRAI VI-SAGE...?
ジャキ
WHAM
....!
SI TU ME MONTRES QUI TU ES VRAIMENT, JE TE MONTRERAI QUI JE SUIS EN ÉCHANGE.
DÉPÊCHE-TOI DE TE CHANGER.

LIEUTE-NANT,
VOS TALENTS DE COMÉDIEN ÉTAIENT PLUTÔT PASSABLES, MAIS VOUS AVEZ FAIT UNE PETITE ERREUR.
UNE ERREUR ...?
JE VAIS TE DIRE LAQUELLE.
MAIS SEULEMENT UNE FOIS QUE TU AURAS MIS ÇA.
FLAP
ENFILE-LE.
......
POUR-QUOI ?

BONJOUR, LIEUTENANT ASIMOV.
ED...!
VOUS AVEZ BIEN DORMI ?
PFF...

Mitsumei
Deuxième partie

-Première partie : Fin-

C'est pas vrai !!
PSCHH...

UNE SERRURE ÉLECTRONIQUE...?
POURQUOI C'EST FERMÉ ?
TCHAC
TCHAC
Toc Toc
TU ES RÉVEILLÉ, IVAN ?
ED ?
LA PORTE EST FERMÉE À CLÉ...
TU PEUX M'OUVRIR ?
.....
TRÈS BIEN.
.....
Non...
Il y a quelque chose...
de bizarre ...
GLING
!

Il a disparu sans prévenir.
Afin de ne plus ressentir cette terrible solitude,
J'ai enfoui mes sentiments au plus profond de moi, et je me suis concentré sur le chemin qui me restait à parcourir.
.....
CE RÊVE M'A RAPPELÉ DES SOUVENIRS...
.....
TCHAC
?

PLAF
On ne peut pas accepter à l'école le fils d'un homme qui a commis un crime politique.
Non...

Je rentre, d'accord ?
Je l'adorais.
Qu'est-ce que ça veut dire ??
Pourquoi les affaires d'Ed ne sont plus là ?!
Il a quitté l'école.
Son père a été mis en prison.

Mais j'étais embarrassé, alors je n'ai rien répondu.
C'était la première fois que quelqu'un me disait une chose pareille.
C'est pour ça que...
je me suis dit que si Ed m'accompagnait, je pourrais aller au ballet.
Ça suffit.
Je n'irai plus jamais voir un ballet de ma vie.
Très bien...
Dans ce cas, moi non plus, je n'irai plus.
Pourquoi tu dis ça, Ed...?
Tu peux y aller, si tu en as envie.
Non.
Tant qu'elle dansera là-bas, je n'irai plus.
Je n'ai pas envie, c'est tout.
Tu n'as pas besoin de t'en soucier.

On va souvent ensemble à l'opéra ou au musée, mais tu ne veux jamais aller voir de ballet.
Ou alors, c'est parce que tu penses que ça mettra ton père en colère si tu vas voir ta mère danser ?
Non, c'est pas ça...
Mais je n'ai pas envie que les autres sachent que ma mère n'est pas originaire de Russie.
Ça se voit sur notre visage... C'est pour ça que je n'aime pas mon apparence.
Quel gâchis ! Tu es telle-ment beau, pourtant.
Si j'étais artiste, je te peindrais tout le temps.
BLUSH
....
Quand il m'a dit ça...
j'étais vraiment très heureux.

Enfin, ça n'a pas d'importance.
J'ai déjà eu de la chance de pouvoir m'infiltrer si facilement.
Demain, il faudra que je fasse attention ...
à me comporter comme d'habitude.
C'est quoi, cette photo ?
C'est toi, là-dessus, non ?
C'est le jour où mon père s'est remarié.
Ah bon...
Ça a dû être dur pour toi.
C'est pour ça que tu ne vas jamais au ballet ?
!

....
MAIS ALORS, POURQUOI TU AS MIS CE PIANO ICI ?
JE SAIS PAS. J'AI OUBLIÉ.
TU DOIS ÊTRE FATIGUÉ, NON ? ON CONTINUERA À DISCUTER DEMAIN.
REPOSE-TOI BIEN.
CLAC
FUIP...
Je reconnais bien son style, dans cette pièce.
Mais pourquoi est-il entré dans la mafia...?

C'EST TA CHAMBRE. ELLE EST VOISINE DE LA MIENNE.
OUI...
....
QU'EST-CE QU'IL Y A ?
RIEN...
J'AVAIS JUSTE OUBLIÉ QUE TU JOUAIS DU PIANO.
AH...
À L'ÉPOQUE, TU DISAIS QUE TU PRÉFÈRERAIS ENTRER DANS L'ORCHESTRE MILITAIRE PLUTÔT QUE D'ALLER SUR LE CHAMP DE BATAILLE.
C'EST VRAI...
ET POURTANT, LES AUTRES ÉLÈVES DE L'ÉCOLE ME DISAIENT QUE C'ÉTAIT MINABLE.
POUR EUX, J'ÉTAIS QUELQU'UN DE FAIBLE.
ET PUIS, TU DESSINAIS AUSSI DES ŒUVRES MAGNIFIQUES.

D'ACCORD.
.....
C'EST PAR ICI.
Je me suis longtemps demandé comment faire pour m'infiltrer ici...
Finalement, il me suffisait juste d'être moi-même.

Je vais devoir faire semblant d'être moi-même tout en étant sous couverture...
JE NE TE DEMANDE PAS D'ACCEPTER L'IDÉE TOUT DE SUITE.
MAIS ON POURRAIT ESSAYER DE PROGRESSER PAS À PAS.
J'AI ENVIE DE PASSER DU TEMPS AVEC UN AMI QUE JE N'AI PAS VU DEPUIS LONGTEMPS.
Si je rate, c'est l'échec de ma mission.
MAIS...
VIENS CHEZ MOI.
C'EST MOI QUI T'INVITE. EN TANT QU'AMI.
.....

SI TU M'AVAIS DIT QUE ÇA N'AVAIT PAS D'IMPORTANCE QUE JE SOIS DANS LA MAFIA, JE T'AURAIS SUSPECTÉ D'ÊTRE UN ESPION AU SERVICE DE L'ARMÉE.
QUELQU'UN D'AUSSI HONNÊTE QUE TOI NE POURRAIT JAMAIS DIRE ÇA.
Dans ce cas, heureusement que je lui ai dit ce que je pensais vraiment...
Je vois... S'il ne m'a pas embrassé avant,
c'est parce qu'il me suspectait...
Le commandant avait raison. C'est un adversaire à ne pas sous-estimer.

ÇA FAIT DIX ANS QU'ON NE S'EST PAS VUS. ET ENTRE-TEMPS, TU ES ENTRÉ DANS LA MAFIA...
J'AI DU MAL À Y CROIRE.
Ça s'annonce mal...
J'ai du mal à mettre mes sentiments de côté comme d'habitude.
Et dire qu'il faut que j'essaie de gagner sa confiance...
JE SUIS SOULAGÉ.
TU ES VRAIMENT TOUJOURS LE MÊME.
MAINTENANT, JE PEUX ENFIN CÉLÉBRER NOS RETROUVAILLES.
HEIN...?
FUIP

.....
JE NE SAIS PAS...
....
JE M'EN DOUTAIS.
NON, CE N'EST PAS CE QUE TU CROIS.
C'EST JUSTE QUE JE NE COMPRENDS PAS.
DANS MA TÊTE, TU ES TOUJOURS CELUI QUE TU ÉTAIS À 17 ANS...
UN AMI D'UNE GENTILLESSE INCROYABLE.

C'est vrai que dans ce pays, ça ne doit pas être simple d'être le fils d'un homme ayant été emprisonné pour crime politique...
Pour survivre...?
Mais de là à entrer dans la mafia...
LA VRAIE RAISON POUR LAQUELLE JE NE SUIS PAS ALLÉ TE VOIR, C'EST ÇA.
TU N'AURAIS SANS DOUTE PAS EU ENVIE DE REVOIR LE FILS D'UN CRIMINEL POLITIQUE DEVENU MAFIEUX...
SLURP
JE VOULAIS À TOUT PRIX ÉVITER QUE TU DÉCOUVRES MA FAÇON DE VIVRE.
C'EST LA VÉRITÉ.
TU ME MÉ-PRISES, MAINTE-NANT ?

JE SAIS QUE TU DÉTESTES L'EXISTENCE DE LA MAFIA...
TU AS UN SENS DE LA JUSTICE TROP AIGU... COMPARÉ À MOI.
......
JE PEUX TE POSER UNE QUES-TION ?
QUOI ?
POURQUOI TU ES ENTRÉ DANS LA MAFIA ?
......
POUR SURVIVRE.
C'EST LE CHEMIN QUE J'AI CHOISI POUR SURVIVRE.

ET SI TU TRAVAILLAIS POUR MOI ?
J'AI UNE NOUVELLE COMPAGNIE D'IMPORT-EXPORT.
SI TU SAIS PARLER PLUSIEURS LANGUES, JE PEUX TE TROUVER UN POSTE FACILEMENT.
TRA-VAILLER POUR TOI...?
HA HA
NON, C'EST IDIOT...
CE N'EST PAS UN MONDE QUI TE CONVIENT.
ED...
ÇA SE VOIT EN ME REGARDANT, NON ?
CE QUE JE SUIS DEVENU.
ET EN RUSSIE, QUAND ON PARLE D'ENTREPRISE D'IMPORT-EXPORT, ON SAIT TOUT DE SUITE CE QUE ÇA SIGNIFIE.

EN RÉALITÉ, J'AVAIS ENVIE DE TE REVOIR.
MAIS TU ÉTAIS DANS L'ARMÉE, ET MOI, JE SUIS LE FILS D'UN HOMME QUI A COMMIS UN CRIME POLITIQUE... JE PENSAIS QUE JE TE CAUSERAIS DES ENNUIS.
C'EST POUR ÇA QUE JE N'AI PAS TENTÉ DE TE CHERCHER.
MAIS MAINTENANT, C'EST DIFFÉRENT. ON EST LIBRES.
ÇA ME FERAIT TRÈS PLAISIR QUE TU VIENNES CHEZ MOI.
.....
C'EST VRAIMENT GENTIL... MAIS JE N'AI PAS ENVIE DE TE DÉRANGER...
Il faut que je sois prudent...
Si j'accepte trop vite, il va avoir des soupçons.
TU NE ME DÉRANGES PAS. C'EST MOI QUI T'AI INVITÉ.
ÇA POSE UN PROBLÈME ?
MAIS...

C'EST GENTIL DE ME DIRE ÇA, MAIS JE NE SUIS PLUS UN ENFANT, MAINTENANT.
JE NE SUIS PLUS AUSSI NAÏF QU'AVANT.
SINON, JE NE SERAIS PAS DEVENU ESPION.
OÙ EST-CE QUE TU VIS, EN CE MOMENT ?
TA FAMILLE EST À MOSCOU, NON ?
OUI.
JE SERAI BIENTÔT CAPABLE DE TROUVER UNE LOCATION À COURT TERME... JE TOUCHE DES SALAIRES EN FAISANT DE L'INTÉRIM, MAIS POUR FAIRE DES ÉCONOMIES, IL FAUT ABSOLUMENT QUE JE TROUVE UN VÉRITABLE TRAVAIL.
....
DANS CE CAS, TU N'AS QU'À VENIR HABITER CHEZ MOI.
HEIN...?
C'EST VRAIMENT UN COUP DE CHANCE QU'ON SE SOIT REVUS.
J'AIMERAIS BIEN QU'ON DISCUTE ENCORE.
MAIS...

Ce côté droit et intransigeant...
C'est ce que j'aime chez toi.
Mais il faut que tu sois plus malin que ça.
Tu es trop honnête...
Ça me fait de la peine pour toi.
TU ÉTAIS TOUJOURS SUR LES NERFS, À CETTE ÉPOQUE...
JE SUIS CONTENT QUE TU N'AIES PAS TROP CHANGÉ, MAIS QUAND J'Y RÉFLÉCHIS, J'AI PEUR QUE ÇA TE JOUE ENCORE DES TOURS.

.....
J'arrive pas à croire que ces types veulent devenir officiers...
Avec des dirigeants comme eux, je m'inquiète pour l'avenir du pays.
Je ne peux pas fermer les yeux sur ce qu'ils font !
.....
Mais dans la réalité, ce sont les types comme eux qui gravissent les échelons.
Les gens droits et honnêtes comme toi sont ceux qui se font écraser.
Tu le sais, pas vrai ?
.....
Ça m'est égal...
Je ne céderai pas.

J'ai appelé l'instructeur. Il arrive.
CLAP
FUIP...
Si vous lui faites quoi que ce soit d'autre, je vous garantis que ça ne s'arrêtera pas à votre expulsion.
....!
BAM
Merde !
TAP
TAP
Bon sang...
Ça fait combien de fois, maintenant ?
FUIP
Si tu ne fais pas attention, tu vas vraiment finir par te faire poignarder.
Tu étais même prêt à te faire violer...

Bonne idée !
TCHAC
Allez, prends une photo !
SCHRIIC
Si tu ne veux pas souffrir inutilement, pourquoi ne pas nous donner la clé ?
.....
Faites-le, si c'est ce que vous voulez.
Mais vous aurez beau me violer, je ne cèderai jamais.
!
Et au final, c'est vous qui paierez pour ce que vous avez fait.
Espèce d'enfoi-ré...!!
GRIP

SERRE
Désolé, mais je refuse.
HAA...
Vous pensez vraiment que je ne sais pas
que vous revendez ces armes pour vous faire de l'argent ??
HAA...
Espèce de...
On va te buter !
Attendez une minute.
GRIP
Ce serait bête de le tuer sans s'amuser un peu d'abord.
HAA...
J'ai toujours trouvé qu'il avait un beau visage...
HAA...
On va faire une tournante.

JE SUIS VRAIMENT STUPIDE.
SI J'AVAIS ÉTÉ PLUS MALIN, J'AURAIS RÉUSSI À M'EN SORTIR...
CLAC
ROULE
ROULE
T'en-tends, Ivan ?!
PLAF
Si t'as pas envie de souffrir encore plus, t'as intérêt à nous filer la clé de la salle où sont rangées les armes !
Juste pour une heure, ça suffira.

TU ME DISAIS SOUVENT...
QUE JE DEVAIS AP-PRENDRE À ME DÉTENDRE ET À PROFITER DE LA VIE, SINON C'ÉTAIT DU GÂCHIS...
TU T'EN RAPPELLES ?
DE CE CÔTÉ-LÀ, JE N'AI PAS CHANGÉ.
CHAQUE FOIS QU'IL M'ARRIVE QUELQUE CHOSE, JE ME SOUVIENS DE TES PAROLES.
C'EST POUR CETTE RAISON QUE TU AS QUITTÉ L'ARMÉE ?
.....
OUI...
JE ME SUIS DISPUTÉ AVEC UN SUPÉRIEUR QUE J'AVAIS TROUVÉ INJUSTE.
ET VOILÀ OÙ J'EN SUIS.

OUI...
JE NE LE TIENS PAS TRÈS BIEN. ET EN PLUS, JE N'AIME PAS BOIRE JUSQU'À M'EN RENDRE MALADE.
TU N'AS PAS CHANGÉ.
ÇA TE RESSEMBLE BIEN...
ÇA ME RES-SEMBLE ?
TU ÉTAIS COMME ÇA AUSSI, AVANT.
SI SÉRIEUX... UN ÉTUDIANT MODÈLE.
PERFECTIONNISTE, SÛR DE TOI... TU DÉTESTAIS PAR-DESSUS TOUT LES GENS TROP SENSIBLES OU CEUX QUI MONTRAIENT LEURS FAIBLESSES.
.....
OUI, C'EST VRAI...

CLAC
TU ES SÛR QUE ÇA NE TE DÉRANGE PAS D'ÊTRE VENU AVEC MOI ?
PERSONNE NE T'ATTENDAIT APRÈS LE TRAVAIL ?
NON.
APRÈS LE SPECTACLE, JE VIENS TOUJOURS PRENDRE UN VERRE ICI, SEUL.
POUR PROFITER DE LA SOIRÉE ENCORE UN PEU.
JE NE TE DÉRANGE PAS ?
SI C'ÉTAIT LE CAS, JE NE T'AURAIS PAS INVITÉ.
J'AVAIS ENVIE DE DISCUTER TRANQUILLEMENT AVEC TOI.
.....
C'EST BIZARRE QUE TU NE BOIVES PAS D'ALCOOL ALORS QUE TU ES RUSSE.

.....
Son regard...
Il n'est plus comme autrefois.
On dirait qu'il cache quelque chose...

TOI, TU AS TOUJOURS LA MÊME VOIX QU'AVANT...
......
AH BON.
IL Y A QUAND MÊME DES CHOSES QUI NE CHANGENT PAS, ALORS.
COMME PAR EXEMPLE LE FAIT QU'À PART TOI, JE N'AI AUCUN AUTRE AMI.

AH BON... JE VOIS.
ÇA A DÛ ÊTRE DUR.
Ivan...
Reste toujours à mes côtés, d'accord ?
PLUS QUE TU NE LE CROIS...
TU N'AS PAS CHANGÉ, EN TOUT CAS.
EN DIX ANS, C'EST IMPOSSIBLE DE NE PAS CHANGER.

UN LIVRET ?
TU TRAVAILLES ICI ?
EUH, OUI... C'EST JUSTE DE L'INTÉRIM !
DE L'IN-TÉRIM ?
MAIS POURQUOI ? TU AS FAIT L'ÉCOLE MILITAIRE...
À VRAI DIRE...
JE ME SUIS DISPUTÉ AVEC UN SUPÉRIEUR, ET J'AI DÛ QUITTER LE SERVICE...
J'AVAIS BESOIN D'ARGENT, ALORS J'AI DEMANDÉ AU DIRECTEUR DE M'EMPLOYER TEMPORAIRE-MENT...

Il m'a vu !
......
MAIS...
C'EST...
TAP
C'EST TOI, IVAN ?
QU'EST-CE QUE TU FAIS ICI ?!

Pas de doute...
Cette couleur de cheveux, ce visage...
C'est Ed.
Mais...
L'atmosphère autour de lui a changé...
BRR
Le spectacle commencera dans cinq minutes.
Merci de regagner vos places...
ON Y VA ?
OUI.
BOBOM
FUIP

Je dois juste faire semblant de le recroiser par hasard...
et essayer de découvrir ce qu'il manigance !
OÙ EST-IL ?
JE NE LE VOIS PAS...
BROUHAHA
!
Ed !!

C'était un gentil garçon.
Dans notre école d'élite, où la compétition faisait rage, sa chaleur et son dévouement étaient comme un baume.
Comment a-t-il pu devenir le bras droit d'un chef mafieux ?
IVAN,
LA VOITURE DU CLIENT EST ARRIVÉE.
TRÈS BIEN.
Non...
Ce n'est pas le moment de penser à ça.

SCHRIC
Pour moi, tu es important, Ivan.
......
Ed...
......
Reste toujours à mes côtés, d'accord ?

C'est vraiment cruel !
Ha Ha !
.....
Peut-être qu'elle est jalouse de nous ?
Elle n'a pas arrêté de se plaindre que son fils retardait son ascension au sommet, et quand elle y est, elle l'invite à sa représentation.
Quelle femme ignoble.
D'autant qu'elle avait parlé d'avorter, non ? C'est de sa faute si elle ne l'a pas fait.
C'est pour ça qu'elle a divorcé, il paraît.
D'ailleurs, elle disait que son fils lui ressemblait physiquement, mais que pour le reste, c'était son père tout craché, et elle trouvait ça insupportable.
Comment peut-on dire ça de son propre fils ?
Pauvre garçon.
Elle le traite comme un simple accessoire.

On a bien fait de venir, Ivan.
Oui...
Tout seul, je n'arrivais pas à me décider...
Je suis content que tu sois là, Ed.
Hé !
Le garçon avec Julia, ce n'était pas son fils ?
Tu crois ? C'est possible...
Elle l'a invité à venir la voir ?
Quelle hypocrite !
Après tout, pour elle, les enfants sont un obstacle...
Elle n'arrête pas de répéter que la naissance de son fils a détruit sa vie.

Ivan !!
Tu es vraiment venu !
Je suis tellement heureuse !
M... Maman !
Tu es un ami d'Ivan ?
Je dois te remercier aussi.
Ces fleurs sont magnifiques.
Ce n'est rien...
M... Maman...
Oui ?
Merci de nous avoir invités aujourd'hui...
Fais de ton mieux.
Bien sûr !

ON N'Y PEUT RIEN ! IL S'EST PASSÉ TANT DE CHOSES...
POF
CE SERAIT PLUTÔT À MOI DE TE PRÉSENTER MES EXCUSES.
MAIS NON...
HÉ, TOI LÀ !
.....
TAP
TAP
TAP

IVAN, TU T'OCCUPES DU HALL. TOI, TU TE PLACERAS PRÈS DES SIÈGES DES SPECTATEURS.
ENTENDU.
ÇA FAIT UN BAIL, IVAN. JE CROIS QUE LA DERNIÈRE FOIS
QUE TU ES VENU, C'ÉTAIT LORS DE LA PREMIÈRE REPRÉSENTATION DE TA MÈRE EN TANT QUE RÔLE PRINCIPAL.
ÇA FAIT LONGTEMPS, EN EFFET.
D'AILLEURS, SI JE ME SOUVIENS BIEN, TU ÉTAIS AVEC UN CAMARADE DE CLASSE, CE JOUR-LÀ...
JULIA ÉTAIT TELLEMENT CONTENTE QUE TU SOIS LÀ !
MAIS C'EST LA SEULE FOIS QUE TU ES VENU...
.....
JE SUIS DÉSOLÉ.

Julia Labadze
ELLE EST BELLE, HEIN ?
JE SUIS SOUVENT ALLÉ LA VOIR DANSER.
C'EST TA MÈRE, IL PARAÎT ? JE SUIS JALOUX.
Labadze
ET POURTANT...
HUMPF
JE NE SUIS PRESQUE JAMAIS ALLÉ VOIR DE BALLET.
J'ESPÈRE ÊTRE CAPABLE DE VENDRE CES LIVRETS...
BON, ÉCOUTEZ-MOI ! LES CLIENTS VONT BIENTÔT ARRIVER.
……
LES DEUX EMPLOYÉS À MI-TEMPS,
VENEZ ICI !

TOUTES LES INFORMATIONS SUR ZELENIN SONT LÀ-DESSUS. ÉTUDIEZ-LES SÉRIEUSEMENT.
CLAC !
Théâtre Mariinsky

OUI. ON PENSE QUE LA CAPSULE SE TROUVE LÀ-BAS...
CHEZ TON ANCIEN AMI.
ON NE SAIT ABSOLUMENT PAS CE QU'IL A PU FAIRE PENDANT LES DIX ANS QUI ONT SUIVI SON DÉPART DE L'ÉCOLE MILITAIRE.
C'EST QUELQU'UN DE TRÈS INTELLIGENT. IL NE FAUDRA PAS S'Y TROMPER : LA MOINDRE ERREUR RISQUERA DE TOUT FAIRE CAPOTER.
LA MAFIA A DE TRÈS BONS INFORMATEURS.
ILS SAVENT PROBABLEMENT DÉJÀ QUE VOUS FAITES PARTIE DE L'ARMÉE.

OUI. C'EST UNE NOUVELLE FORME DE VIRUS CAPABLE DE DÉCIMER LA POPULATION.
ON NE SAIT PAS CE QUE CETTE CAPSULE EST DEVENUE.
LA MAFIA ET LE GOUVERNEMENT SE SONT LANCÉS DANS UNE VÉRITABLE CHASSE À L'HOMME POUR LA RETROUVER, MAIS...
ON NE SAIT PAS CE QUI SE PASSERAIT SI ELLE SORTAIT DU PAYS.
IL POURRAIT Y AVOIR UNE PANDÉMIE D'AMPLEUR MONDIALE.
MAIS CE N'EST PAS LE SEUL PROBLÈME.
!
IL EST IMPÉRATIF QUE LES AUTRES PAYS IGNORENT QUE LA RUSSIE CHERCHE À DÉVELOPPER DES ARMES BIOLOGIQUES.
C'EST POUR CETTE RAISON QU'IL FAUT ABSOLUMENT RETROUVER CETTE CAPSULE AVANT QU'ELLE SORTE DU PAYS !
AUTREMENT DIT...

ILS ENQUÊTENT SUR LE PASSÉ DES SCIENTIFIQUES ET S'EN SERVENT COMME MOYEN DE PRESSION POUR LES FORCER À OBÉIR À LEURS ORDRES.
EXACTEMENT. ET CEUX QUI CHERCHENT À S'ENFUIR NE FONT PAS LONG FEU.
C'EST LE CAS DE CET HOMME.
IL TRAVAILLAIT DANS UN CENTRE DE RECHERCHES APPARTENANT À LA MAFIA MOSCOVITE. IL A ESSAYÉ DE S'ENFUIR, ET IL A ÉTÉ ASSASSINÉ.
BRR
BRR
LA MAFIA EST CAPABLE DE TOUT.
ILS DOIVENT TUER LES DÉSERTEURS, AFIN DE MIEUX CONTRÔLER CEUX QUI RESTENT.
OUI.
MAIS CETTE FOIS, IL Y A UN PROBLÈME.
CE SCIENTIFIQUE...
IL S'EST ENFUI EN PRENANT AVEC LUI L'UNE DES MICRO CAPSULES CONTENANT L'ARME BIOLOGIQUE SUR LAQUELLE IL TRAVAILLAIT.
AH...

QU'EST-CE QUE VOUS SAVEZ DE L'ENQUÊTE QUE JE VOUS AVAIS CONFIÉE ?
VOICI MON RAPPORT.
FUIP...
CE SCIENTIFIQUE ASSASSINÉ...
ALORS, C'ÉTAIT LIÉ ?
FUIP...
OUI.
IL S'AGIT D'UN CHIMISTE QUI FAISAIT PARTIE D'UN LABORATOIRE CHARGÉ DE CRÉER UN VIRUS QUI SERVIRAIT D'ARME DE DESTRUCTION MASSIVE.
UN CENTRE MÉDICAL DE L'ÉTAT TENU SECRET...
APRÈS LA DISSOLUTION DE L'UNION SOVIÉTIQUE, CES CENTRES ONT ÉTÉ OFFICIELLEMENT DÉTRUITS.
MAIS TOUT COMME MOI, TU SAIS QU'OFFICIEUSEMENT, CERTAINS ONT SIMPLEMENT CHANGÉ DE NOM, ET SE FONT PASSER POUR DES ORGANISMES EFFECTUANT DES RECHERCHES MÉDICALES ET CRÉANT DES VACCINS. EN CACHETTE, ILS PRODUISENT DES ARMES BIOLOGIQUES ET CHIMIQUES.
OUI.
ET ON SAIT QUE DES MEMBRES DE LA MAFIA ET CERTAINS POLITICIENS SONT IMPLIQUÉS DANS CETTE AFFAIRE.

JE SUIS EXTRÊMEMENT SATISFAIT DU TRAVAIL QUE VOUS AVEZ FOURNI JUSQU'À PRÉSENT.
VOUS ÊTES QUELQU'UN D'ASSIDU ET DE RAISONNABLE,
ET VOUS N'IMPLIQUEZ PAS VOS SENTIMENTS PERSONNELS DANS VOTRE TRAVAIL.
N'EST-CE PAS ?
HUM...
N'AYEZ AUCUNE INQUIÉTUDE.
ANCIEN AMI OU NON, S'IL S'AGIT D'UNE CIBLE, JE NE MONTRERAI AUCUNE PITIÉ.
C'EST PARFAIT.

Ivan !
BOBOM
BOBOM
JE N'ARRIVE PAS À CROIRE
QU'IL SOIT ENTRÉ DANS LA MAFIA RUSSE...
BOBOM
IL PARAÎT QUE VOUS ÉTIEZ TRÈS AMIS, À L'ÉCOLE.
POC
POC
OUI...
CRIIIC...
LIEUTENANT...

EDOARDO EVGENEVITCH ZELENIN...
IL S'AGIT BIEN DE L'UN DE VOS ANCIENS CAMARADES DE L'ÉCOLE MILITAIRE, N'EST-CE PAS ?
...C'EST EXACT.
VOUS AVEZ PARTAGÉ LA MÊME CHAMBRE À L'INTERNAT PENDANT 2 ANS, IL PARAÎT ?
...OUI. ENSUITE, SON PÈRE, QUI ÉTAIT UN HOMME POLITIQUE, S'EST FAIT ARRÊTER PAR LA POLICE, ET IL A QUITTÉ L'ÉCOLE.
VOUS L'AVEZ REVU PAR LA SUITE ?
NON, PLUS JAMAIS.
JE SAIS JUSTE QUE SON PÈRE EST MORT DE MALADIE EN PRISON. EN CE QUI LE CONCERNE, JE N'AI PLUS EU DE NOUVELLES.

COMME IL S'AGIT D'UNE MISSION DANGEREUSE, JE VOULAIS D'ABORD VOUS RENCONTRER AFIN DE JUGER DE VOTRE CARACTÈRE.
MAIS APRÈS TOUT, VOUS FAITES PARTIE DES FORCES SPÉCIALES.
La mafia...?
FUIP
VOUS VOUS INFILTREREZ DANS LA MAISON DU BRAS DROIT DU CHEF DE CE GROUPE. IL S'AGIT D'UN HOMME NOMMÉ ZELENIN.
FUIP
IL EST POSSIBLE QU'IL SOIT LIÉ À UN CERTAIN INCIDENT...
TAP
C'EST UNE MISSION QUE JE NE PEUX CONFIER QU'À VOUS.
....!

ENFIN, PEU IMPORTE.
POUR UN AGENT SOUS COUVERTURE, CE N'EST PAS PLUS MAL.
LES MISSIONS SONT PLUS DANGEREUSES LORSQU'IL Y A DES SENTI-MENTS EN JEU.
OUI...
VOUS ÊTES QUELQU'UN DE RATIONNEL. ÇA NE ME DÉPLAÎT PAS.
JE CROIS QUE VOUS ÊTES LE SEUL À QUI JE PUISSE CONFIER CE DOSSIER.
VOUS SEREZ NOTRE TAUPE AU SEIN D'UN GROUPE ÉMERGEANT DE LA MAFIA DE SAINT-PÉTERSBOURG.
C'EST-À-DIRE ?

CRIIK
C'EST POUR ÇA QUE VOUS N'ÊTES PAS VENU ?
JE COMPRENDS...
MAIS TOUT DE MÊME, VOUS RESSEMBLEZ ÉNORMÉMENT À VOTRE MÈRE DANS SA JEUNESSE.
CES YEUX NOIRS...
CE CORPS FIN...
ET CETTE IMPRESSION D'EXOTISME... SI JE ME SOUVIENS BIEN, ELLE ÉTAIT ORIGINAIRE DE GÉORGIE.
......
EN EFFET.
EN RUSSIE, MON APPARENCE PHYSIQUE SE REMARQUE FORT, MAIS DANS LES AUTRES PAYS, ELLE ME PERMET DE M'INTÉGRER SANS PROBLÈME. POUR UN ESPION, C'EST PRATIQUE.
C'EST TOUT CE QUE ÇA VOUS FAIT ?
VOUS ÊTES VRAIMENT TERRE-À-TERRE, VOUS.

REMARQUEZ, C'EST CETTE IMPASSIBILITÉ QUI FAIT LES MEILLEURS ESPIONS.
IL PARAÎT QUE VOUS N'ÊTES MÊME PAS RENTRÉ AU PAYS POUR LES FUNÉRAILLES DE JULIA LABADZE, IL Y A SIX MOIS.
EST-CE QUE CELA POSE UN PROBLÈME ?
C'ÉTAIT UN ENTERRE-MENT EN GRANDE POMPE.
IL S'AGISSAIT TOUT DE MÊME DE LA PLUS CÉLÈBRE DAN-SEUSE ÉTOILE DU THÉÂTRE MARIINSKY,
ET VOUS ÉTIEZ SON FILS. VOTRE ABSENCE A ÉTÉ REMARQUÉE.
HUM...
MALHEU-REUSEMENT, J'ÉTAIS EN PLEINE MISSION.
DE PLUS, JE N'AVAIS PLUS DE CONTACTS AVEC MA MÈRE DEPUIS SON DIVORCE AVEC MON PÈRE.

BRAVO POUR LE TRAVAIL QUE VOUS AVEZ ACCOMPLI EN ALLEMAGNE, LIEUTENANT.
VOUS AVEZ ÉTÉ CONVOQUÉ AU QUARTIER GÉNÉRAL EN TANT QU'AGENT DE NOTRE SERVICE D'ESPIONNAGE.
OUI, MON COM-MAN-DANT.
REPOS, LIEUTENANT.
AU FAIT, VOUS N'ÊTES PAS REVENU DANS CETTE VILLE DEPUIS AU MOINS TROIS ANS, N'EST-CE PAS ?
C'EST EXACT.
QU'EST-CE QUE ÇA VOUS FAIT D'ÊTRE DE RETOUR ? VOUS VOUS SENTEZ CHEZ VOUS ?
PAS VRAIMENT, NON.
VOUS N'AVEZ MÊME PAS DE LOISIRS ?
OÙ QUE J'AILLE, MON TRAVAIL RESTE LE MÊME.

OUI.
PEU DE GENS SAVENT QUE C'EST UNE BASE MILITAIRE, ICI,
MAIS APRÈS L'EXPLOSION D'UN BÂTIMENT DU GOUVERNEMENT L'AUTRE JOUR, LA SÉCURITÉ A ÉTÉ RENFORCÉE.
MÊME ICI ?
C'EST VRAI QU'IL S'AGIT DU QUARTIER GÉNÉRAL DES FORCES SPÉCIALES, MAIS TOUT DE MÊME...
LIEUTENANT, VOUS ÉTIEZ EN FONCTION À L'ÉTRANGER JUSQU'À LA SEMAINE DERNIÈRE, ALORS PEUT-ÊTRE QUE VOUS NE LE SAVEZ PAS,
MAIS CES DERNIERS TEMPS, EN RUSSIE, BEAUCOUP DE TERRORISTES PRENNENT POUR CIBLE LES FORCES SPÉCIALES DU GOUVERNEMENT.
Toc Toc
COMMANDANT, LE LIEUTENANT EST LÀ.
TCHAC
FAITES-LE ENTRER.

CLAP
FUIP
J'ARRIVE.
TAP
TAP
TAP
TAP
QUELLE SURVEILLANCE...